薄い唇は柔らかく、合わせると迎え入れるようにわずかに開かれる。
それを舌でこじ開け、吸い付くように深く求める。

メガネと運《はこ》び屋《や》

火崎《ひざき》 勇《ゆう》

ILLUSTRATION：亜樹良《あきら》のりかず

メガネと運び屋

LYNX ROMANCE

CONTENTS

メガネと運び屋

都心の一角にあるそこは、一言で言えば雑多な街だった。

広い表通りには百貨店やチェーンのデカイ店が並ぶが、一歩裏道へ入るごとにそれが安売りの店やゲーセンになり、立派なレストランから傾きかけた木造の定食屋になり、最後には歓楽街となる。

その歓楽街も、明朗会計系と、あきらかにふらりと入るには躊躇《ちゅうちょ》してしまうような怪しげな店まで、様々だ。

一日かけてこの街を練り歩けば、セレブから野良犬まで見ることができるだろう。

正義の裏で暴力が、誠意の裏で欺瞞《ぎまん》が行われている。ここが、俺《おれ》、赤目梶《あかめかじ》のテリトリーだった。

綺麗《きれい》なことも、汚いことも、日々あちこちで繰り返されているこの街が、特に暗い裏町が、俺は好きだった。

自分に似合っている。

享楽的で暴力的、それでいて陽気なこの街が。

俺はここで、赤目屋という運送屋をやっていた。

運送屋、と言ってもトラックなど持っていない。あるのはバイクだけだ。なので実際は運送屋というより運び屋と言った方がいいだろう。

ただ、運び屋という言葉の響きが、この街では悪い印象を与えるので、運送屋と名乗っているだけだ。しかも、仕事内容としては、物を運ぶだけではなく、金さえもらえば何でもする。

ま、何でも屋と言うのが一番正しいだろう。

今日の仕事は、この辺りにアパートを持つ地主から預かった書類を不動産屋に運ぶことだった。

真壁不動産《まかべふどうさん》という小さな不動産屋の社長は、古くからこの辺りの物件を扱う老舗《しにせ》の不動産屋だ。

だが、社長の真壁老人は既に齢《よわい》八十も近く、事実上仕事から引退している。

なので、裏町の一角に建つビルの二階にある真壁不動産を実質運営しているのは、祠堂《しどう》という若い男だった。

祠堂が真壁老人とどういう関係なのか、誰《だれ》も知らない。

ある日突然、彼は真壁不動産に現れて、たった一人で会社をきりもりしていた。しかもかなり優秀に、だ。

真壁老人が亡くなれば、取り扱い物件を手に入れられると思っていたであろう新進の不動産屋はがっかりだったたろう。

俺はビルの前にバイクを止めると、書類の入った茶封筒を持って階段を上った。

俺にしても、祠堂にはガッカリだった。

「ヤッホー、祠堂」

もし扉の向こうで待っているのが、絶世の美女だったら最高だったたろう。いや、バイである自分には美男でもいい。

だが、祠堂は、顔立ちは整っているが、七三分けの頭に黒縁の眼鏡《めがね》、ぴっちりと着込んだスーツという生真面目《まじめ》なサラリーマンみたいな男だったからだ。

「『ヤッホー』はいいです。中村《なかむら》さんからの書類を」

ほら。

にこやかに『いらっしゃい』と迎えてくれれば、まだ可愛《かわい》げがあると思えるのに。彼は無表情のまま封筒を差し出せと手を伸ばした。

「労《ねぎら》いの言葉とかくんないのかよ。お茶出すとか」

「お茶ならそこにポットと急須《きゅうす》があるからご自分でどうぞ。客でもないのにサービスしても仕方がない。ああ、今返信を持ってってもらうから、そこで待っててくれ」

「はい、はい」

俺は三角形の部屋の片隅にパーテーションで仕切られた簡易キッチンへ行き、勝手知ったる何とやらでお茶を淹《い》れた。

コーヒー、紅茶、日本茶と並んでいる中から、日本茶を取り出し、急須に入れた。

ついでだからと、祠堂の分も淹れてやる。

だが湯飲みを差し出すと、彼は眼鏡ごしにチラッと上目使いでこちらを見ると「いい方の茶葉を使ったな」と睨《にら》んだ。

「淹れてもらったら、ありがとうって言うもんだぜ」

「淹れてくれと頼んだわけじゃない」

「はい、はい」

「だが、私《わたし》の分まで気が回るとは思わなかった。ありがとう」

礼を言われたので、満足してソファに腰を下ろす。

この部屋が三角形なのは、このビルが角地に建っているからだ。

正確に言うと、三角形の一角は廊下に続くドアで、角を切り取られているから五角形となっているのだが。

ドアを開けた真っ正面には祠堂がこちらを向いて座っているデスク、彼を隠さないように少しずれたところに安っぽい応接セット、この部屋の一番鋭角な先端にパーテーションが置かれ、その向こうが簡易キッチン。

その反対側の三角形の底辺に当たるところにはドアが一つあって、そこは個室になっている。

こっちは豪華なソファが置かれて、ワンランク上の客用の応接室であり、仮眠室にもなっているのを、真壁のじいさんの時代から出入りしている俺は知っていた。

真壁のじいさんは、恰幅《かっぷく》のいい年寄りで、鷹揚《おうよう》ではあるが、なかなか気骨のあるじいさんで、昔からヤクザがウロウロするこの辺りにあって長く店を続けていた。

俺が初めて会った時は、まだカクシャクとしていて、分厚いレンズの黒縁眼鏡、今祠堂がかけているのよりももっと前時代的なのをかけていて、よく笑い、怒鳴り声の響くジジイだった。

元々自分もそっちの人間だったとかで、イチャモンをつけに来るヤクザを追い返していた姿も見ている。

ヤクザが多いのは、もちろんこの辺りが繁華街だから、だ。

水商売の多いところには、その利権を求めてそっちの人間が入りこんでくる。ルーズなところの多い水商売の人間や、それに繋《つな》がる借金取りにヤクザ、そういう連中を相手にジジイはよくやっていた。

それが年を経てだんだんとしぼみ始め、性格も丸くなり、ある日連れてきたのがこの祠堂だった。どこから連れてきたのか、この街にはあまりそぐわない、身なりのいい、固そうな男。

それが俺の祠堂に対する第一印象だった。

眼鏡を外して髪を崩せば、けっこうイケてる顔だと思うのだが、祠堂は役所の窓口のように頑《かたく》なな態度と口調で、その可能性を潰《つぶ》していた。

つまり、もうちょっと愛想よくすりゃ客のウケもいいだろうに、今のままでは客は役所に来た気がするだろう、ということだ。

だがその固さは、彼の仕事にとっては悪くないのかも知れない。

この男なら、善くも悪くも、口にしたことは守るだろうという信頼を呼ぶ。

実際のところはどうかはわからないが、俺が見ている限りでは、今のところその外見に見合った仕事をしていると思う。

真壁のじいさんも、こいつのそういうところを気に入ったのかもしれない。

歓楽街で働いていると、誘惑が多い。

たとえば、キャバクラで働く女が、色仕掛けで部屋代を安くしてくれと言ってくるかもしれない。その女を追っかけて来るヒモが、金や暴力で女の居所を教えろと言うかもしれない。

軟弱な者なら、その誘いや脅しに乗ってしまうだろうが、祠堂なら『それはわかりました。で、こちらの件ですが…』と軽く流すだろう。

その様を思い浮かべて、思わず俺はにやにやと笑った。

「何がおかしいんです、赤目さん」

書類から顔を上げ、祠堂がジロリとこちらを見る。

「いや、もうちょっと身綺麗にしたら、お前さんもモテるだろうなと思ってたのさ」

「別にモテなくて結構」

「客商売なんだ、ウケは必要だろ？」

「誠実さが売りだから、それ以外は必要ない。私のことを言うぐらいだったら、赤目の方こそもう少し身だしなみを整えたらどうだ？　そのボサボサの髪を撫《な》でつけて顎《あご》の不精髭《ひげ》を剃《そ》れば女性にモテるだろう」

「お褒めいただき、ありがとう。だがこのままでもモテてるからご心配なく」

「まあ確かに、野性味のある男前ではあるな」

素直に褒められて、おや？　と思った。

もしかしたら、こいつも男がイケル口なのかな、と。

「俺の格好は出入りする場所に合わせてるんだ。高級なパーティに紛れ込む時にはタキシードを着て、髪だってジェルで固めるさ。繁華街の不動産屋にそんなのが出入りしてたら変だろ？」

「うちに合わせてるつもりなら、髭ぐらい剃れ。女性も出入りするんだから」

「これは昨日から家に戻ってないからだ。仕事が終わったらちゃんと風呂《ふろ》に入って髭ぐらいあたるさ。そして呼び出されるまではぐっすりだ」

「じゃあその時間を遅らせることになりそうだな。これを中村さんのところへ戻してくれ」

祠堂は俺が持ってきた茶封筒を差し戻した。

中身は多少入れ替わったようだが。

「何時まで？」

「急がない。今日中でいい」

「OK。じゃ、ここにサインを」

俺は着ていた上着のポケットから伝票に束を取り出した。

真壁不動産とは契約してあるので、支払いは月末締めなのだ。

祠堂は伝票に届け先を書き、サインした。

「そういえば、赤目は頼めば何でもしてくれるんだったな？」

「法に触れずにできることなら。法に触れることは応相談だ」

「…危険な男め」

「いいね、危険な男か」

「褒めたんじゃない。私が頼むのは部屋の片付けだ。転居後の部屋を片すのを頼むかもしれないが、できるか、ということだ」

「いいぜ。料金は部屋の散らかり具合だ」

「わかった。その時が来たら連絡しよう」

「すぐじゃないのか？」

「住人が行方知れずなんだ。保証人に連絡を取ったり、色々手間がかかるからな」

「一人住まいのヤツだったら気をつけろよ。夏場は溶けてたりするからな」

「冷蔵庫の中身なんぞ関係ない」

俺は祠堂の誤解に、指を立ててチッチッと左右に振った。

「本人だよ。夏場は腐敗が早いし、冬場でも暖房がきいてればマズイことになるぜ」

俺の言葉に、彼はあからさまに嫌そうな顔をした。

「もし踏み込むのが怖い時は、俺を呼べよ。立ち会うだけなら格安の料金で済ませてやる」

「そうならないことを祈ろう。じゃ、頼んだぞ」

こんな話で顔を歪《ゆが》めるなんて、可愛いところもあるじゃないか。

俺は封筒を手に取ると、小わきに抱えた。

「じゃ確かに」

そしてその小さな部屋を後にした。

階段を下り、外に出ると、バイクに跨《また》がり、メットを被《かぶ》る。

この小さなビルは真壁のじいさんの持ち物なのに、事務所は二階、一階は花屋に貸している。

見上げると、窓ガラスに貼《は》られた『真壁不動産』の文字が見えた。

「もうちょっと愛想がよけりゃなぁ…」

あの無表情に近い仏頂面がなけりゃ結構な美人だと思うだけに惜しい。

「だが今のままじゃブサイクなだけだ」

キック一発でエンジンかけてバイクをスタートさせる。

ブサイクだと言いながら気にかかるのは、彼に興味がある証拠だろう。

あれを笑わせることが出来れば、ここへ来るのも楽しみになるはずだ。

きっちりとした祠堂の顔を思い浮かべ、その努力をしてもいいかも知れないと思った。

仕事は楽しみがあった方がいいし、美人は多い方がいいから。


「ナマイキなんだよ、あのガキ」

「まあおとなしくしてろ」

「サツがまたうろついてやがって」

「グラン・リリーの女見つかったそうです。捕まえに行きますか？」

「すぐに行け、逃げるようなら少し痛い目見せてやれ。ただし顔は殴るなよ、まだまだ使い道がある女なんだ」

そこはかとなく物騒な話題が飛び交うここはヤクザの組事務所だ。

いや、元、と言った方がいいかもしれない。色々うるさくなったせいで、看板だけは下ろしてしまっているから。

とはいえ『ブルースターコーポレーション』なんてご立派な名前になっても、やってることは変わっていないのだが。

ここが俺の所属している場所…、ではない。

お届け先の一つだ。

「星川《ほしかわ》さんトコは相変わらずですね」

顔付きからしていかにも、なお得意さんの前でタバコを咥《くわ》える。

ヤクザは好きじゃないが、仕事は仕事。そしてここは俺にとって大切な喫煙場所だ。昨今の嫌煙ブームでタバコの吸えるところがなくなってしまったが、ここはもちろんそんなマナーなどないので、吸い放題なのだ。

「あんまり聞き耳立てんなよ、赤目」

「聞き耳なんか立てなくたって、あんなデカイ声で喋《しゃべ》ってりゃ嫌でも耳に入ってくるさ。聞かれたくなかったら子分…じゃねぇ、部下にもうちょっと小さい声で話すように躾《しつけ》た方がいいですよ」

俺の返答に、星川は皺《しわ》だらけの顔を歪めた。

これでも笑ったつもりなのだろう。小さい子供だったら泣き出すような顔だが。

「お前は本当に度胸があるな。バカでなければ、だが」

「単なるバカかも知れませんよ」

「自分でバカだと言えるヤツにバカは少ないさ。お前、昔はヤンチャしてたんだって？」

否定しても、こんな仕事をしててヤンチャじゃなかったは通用しないので、適当にはぐらかす。

「どうだったかな、そんな昔のことは忘れたな」

「チンケなバイク便の仕事なんか辞めて、うちへ来たっていいんだぜ」

「そんな先のことは考えてませんよ」

「そりゃ何かの映画のセリフだろ。食えねぇヤツだ」

また笑う。

今度は一応笑顔に見える顔で。

「もう随分遅いし、これで仕事も終《しま》いだろ。どうだ？　飲みに連れてってやろうか？」

「おごり酒に魅力は感じるが、今日は止《や》めときますよ」

「先約か？」

「ナンパに行く予定なんです」

「ナンパ？　お前がか？」

「禁欲的な坊主に見えます？」

「そういう意味じゃねぇ。お前なら入れ食いだろ」

「入れ食いだとしても、入れなきゃ釣れないでしょう？　俺はね、身体《からだ》に丁度いいぐらい働いて、精神に丁度いいぐらい遊ぶのが好きなんです。ついでに言うなら、アブナイことは嫌いじゃないが、警察のごやっかいにはならないってのもモットーでしてね」

「口の減らねぇ野郎だ」

「星川さん、ここ移ってきてから二年でしたっけ？」

「ん？　ああ。それがどうした？」

「あんまり派手《はで》に動くと地元と摩擦起こしますよ。商工会の豆田《まめだ》のオッサン、元警察官ですからね」

「ハッ、それがどうした。『元』だろ？　こっちも『元』ヤクザだが、辞めて得するのはこっちだ。向こうは権力を失ったが、こっちは一般市民として守られる立場になったからな」

「まぁねえ。前の組って、大きかったんですか？」

「興味あんのか？」

「いや、よく知らないけど、広域指定暴力団？　何かそういう大きいのだとずっと警察が付いて回るんじゃないのかなって」

俺の喫煙に刺激されたのか、星川もタバコを取り出した。

こっちはラッキーストライクにジッポーのライターだが、向こうはジタンにデュポンだ。

「確かにまああデカかったが、俺は三番手でな。警察は上の方にくっついてるだろ。俺んとこに来て警察に追い回されるのを心配してんなら、安心しろ。俺は上手《うま》くやるさ」

「上手く、ねぇ…。ま、俺はしがない運び屋で十分ですよ。これだと、取り敢《あ》えずは一国一城の主《あるじ》ですしね」

「俺を前にそんだけベラベラ喋れる度胸も、筋肉がついたそのガタイも気に入ってるんだがな」

「身体が気に入るって、星川さんそっちの人？」

「ああ？　バカか。兵隊として役立つって意味だ」

「そいつはよかった。俺はタチなんで、星川さん相手じゃ…」

星川はタバコを咥えたまま怪訝《けげん》そうな顔をした。

「お前もか」

「『も』？」

「うちにもいるよ。俺にはよくわからねぇな」

「ま、無理にこっちの道に入らなくても、おっぱいの大きいお姉ちゃんもいいですから」

「どっちもイケルのか」

彼は呆《あき》れた、という顔をした。

そこへ丁度子分…、じゃない、部下の一人が封筒を持ってやってきた。

「星川さん、できました」

「おう。赤目に渡せ」

「へい」

部下から差し出された封筒を受け取る。中身が何か、は訊《き》かなかった。だが証券会社の封筒に入ってるところを見ると、そっち関係の書類だろう。

「横川《よこかわ》ってのに渡せ」

「はい、はい」

待ち時間が終わったので、俺は短くなっていたタバコを灰皿で消し、立ち上がった。

「ほら、金だ」

ここととの繋がりは残したくないので、支払いは現金だ。

「それじゃ、確かに預かりましたよ」

タバコを吸い終わったら長居は無用とばかりにそのままオフィスを出る。

扉を閉める前に気になる会話が耳に届いたが、そのために足を止めることはしなかった。

「また祠堂のヤツが立ち会いに入りやがって。一度シメてやらねぇと気が済まねぇな」

祠堂、か。

内容はわからないが、きっと堅物のあいつのことだ、きっといかがわしい誘いを断ったか何かしたのだろう。

今度会った時に覚えていたら、一言注意でもしてやろう。それで少しでも怯《おび》えた顔を見せたら、あいつにも可愛げが出るかもしれない。

エレベーターに乗り、ブルースターの入ってる雑居ビルを後にし、届け先の喫茶店へ向かう。

言われていた入口から一番遠い席に座っていた痩《や》せぎすの男に近づく。

「横川さん？」

声をかけると、相手はビクッとして振り向いた。

「はい…」

「これ、お届け物です」

「あ…、ああ」

「受け取りにサインを」

ボールペンと一緒に伝票を差し出す。

男は震える手でそこに自分の名前を書いた。

「それじゃ」

立ち去ろうとした俺に、男が声をかける。

「あの…！」

「はい？」

「君は…、あそこの会社の人か？」

「いいえ？」

俺はにっこりと笑った。

「ただのバイク便屋です」

「これが何かは…？」

「さあ？　受け取って渡す、それだけの仕事ですから」

「そうか…。いや、悪かった。確かに受け取ったよ」

「では、失礼」

可哀想《かわいそう》に。

ヤクザと取引するには小心者だ。

きっとこいつはこれから一生ビクつきながら生きていくのだろう。

俺には関係のない話だが。

すぐに店を出ると、外はもう薄暗かった。

もう一件の仕事は時間指定。そろそろ時間もいいだろう。

俺はまたバイクを回して、今度は近くのキャバクラへ向かった。

店は開けたばかりで、中にはバーテンダーとボーイ。カワイイ女の子は一人しかいなかった。

「あら、赤目さん」

「よう、ミカ」

「飲みに来てくれたの？　だったら私の同伴にしちゃおうよ」

腕にしがみついてきたミカの頭を撫でて、やんわりと遠ざける。

「俺は小娘は相手にしないの」

「小娘じゃないわよ、失礼ね」

「はは…、そこで怒るところが小娘なんだよ。ほら、どいて」

マスターの戸田《とだ》が現れ、ミカを引き離す。

「お届けです。シャンパン二本」

「悪いね。今日バースデーの客がいてね。ここでパーティやるって言うもんだから」

「わざわざ高いシャンパンの取り寄せ？」

「稼げる時に稼がないと。何だったら飲んでくかい？　一杯ぐらいはおごるよ？」

今日は誘いの多い日だ。

「一杯で酔えるほど安上がりな身体じゃないもんでね。遠慮しとくよ」

「じゃ、また今度客として来てくれ」

「考えとく」

サインをもらい、運んできたシャンパンのボトルを渡す。

マスターは銘柄を確認してから満足そうに頷《うなず》いた。

これで今日の仕事は終わりだ。

俺は暗い店を出てバイクをいつもの駐車場に停《と》めると、行き着けのバーへ向かって歩き始めた。

仕事を終えたサラリーマンや学生達《たち》が街に流れ込み、人の姿が多くなってくる。

店は明かりを灯《とも》し、誘蛾灯《ゆうがとう》のようにそんな男達を招き入れる。

表通りはまだ家族連れや買い物帰りの奥様方が歩いているが、こっちはもう飲み歩きモードだ。

俺は飲み屋街の中でも奥まったところにある白いビルに足を踏み入れた。

階段を下りると、白いリノリウム張りの無味乾燥な通路が一本。

その通路に面してポツ、ポツと壁に埋め込まれた小さな看板が並んでいる。

一件すると、安っぽいバーが並んでいるように見えるが、ここはいわくつきの高級店だ。

最初の一軒目は法曹関係の人間が集まる店、二軒目は会員制のクラブ、通路の一番ドン突きにあるのが、ゲイが集まるバー『クロス』だ。

寂しい外見は、通りすがりの人間が入ってこないようにするためで、どの店も扉の向こうはなかなかの内装だ。

仕事で他《ほか》の二軒の店にも入ったことがあるが、揃《そろ》えてる女も、調度品も、酒も最高級だった。

俺の行くバーはそこよりはもう少し庶民的だが、それりでも落ち着いて飲めるいい店だ。

真っ白な壁に無理やり嵌め込んだような木の扉を開けると、イギリスのパブ風のシックな空間が広がる。

「今晩は」

と言って入ると、カウンターの中にいるマスターが顔を上げた。

「おや、お早い」

「仕事が終わったんでな。バーボン、ロックで」

「はいよ」

カウンターの一番端に座り、出されたグラスにちびちびと口を付ける。

俺は、この店がとても好きだった。

自分がゲイ、というかバイなのだが、男性を相手にすることを、ここでは四の五の言われなくて済むので。

こんな街に住み、一人で気楽な稼業をしている俺だ、別にゲイであることを隠す必要はない。だが、さっきの星川のように、顔を歪める輩《やから》もいる。

気にはしないと言っても、それはあまりいいものじゃあない。

ここでは、ああいう顔を見なくて済む。

しかも、いわゆるハッテン場のように、誰彼かまわず声をかけて連れ込むとか、幾らでヤるとか、下品な話題が飛び交わないのもいい。

髭のマスターも、もちろんゲイなのだが、彼にはゲイとしての矜持《きょうじ》があるらしい。

マスター曰《いわ》く、男が男をたしなむのは古来からの風習。

プラトニッククラブという言葉は、プラトンに恋した男達に使われるもので、女にはあてはまらないだの。戦場に女を連れて行くと足手まといになるから色小姓として男を連れていただの。中東の方では、男はよすぎてハマるから英雄以外は男色禁止になってるのだの。

本当か？　と訊きたくなるようなウンチクを掲げている。

つまり、マスターにとってゲイは崇高なものなのだ。

そのお陰で、ここは同好の士が集まる場所ではあるが、ゆっくり飲める場所にもなっている。

とはいえ、やはり相手を求めて来る者も多く、その手の話題が禁止というわけでもないので、ここに座って好みの相手が現れるのも待っていられるってわけだ。

今日は、今のところそういう相手はいないが…。

「赤目くんは昔の友達を誘ったりしないの？」

俺が一人でいるから、マスターが声をかけてくる。

「昔の連中に同好の士は少ねぇからな」

「今は？」

「つるむのは好きじゃないんだ」

「寂しくないのかい？」

「俺が？」

酒を飲みながら、俺は笑った。

「一人が楽さ」

「若い時はそういうもんだが、そろそろ寂しくなる歳《とし》じゃないのかい？」

「俺をオッサンにしないでくれよ。まだまだ若いつもりなんだから」

「若作ってるが、もう三十だろ？」

「まだギリギリ二十代だ」

「そうだっけ？」

若い頃《ころ》を知ってるオッサンと話すのは、こういう話題が嫌なのだ。

年寄りってのは。どうして、一回『子供』と認識した者を永遠に子供扱いするのか。もうそろそろ上書きしてくれりゃあいいのに。

「マスターも寂しいのかい？」

逆襲すると、マスターはにやっと笑った。

「私はパートナーがいるからね」

「…ごちそうさん。オカワリはマスターのおごりだな」

「一杯ならね」

新しい客が入ってきたので、二人同時に戸口を見る。

だが入ってきたのは全く好みではないオッサンだった。

「いらっしゃいませ」

オッサンでも何でも、店にとっては大切な客だ。マスターはさっさと俺を見捨てて、その男の方へ向かった。

今日は空振りかも知れない。星川や戸田の誘いを断ってまで来たのに。

平日だし、まだ時間も早いし。

俺の好みとしては、理知的な美人がタイプだ。

身体も締まっていて、手足の長いのがいい。色気はあるが媚《こ》びてなく、あまりオープンじゃなく恥じらいを持ってるような。

「ま、そうそうはいねぇな」

俺はおとなしくグラスを傾けた。

グラスがカラになると、気づいたマスターが約束通り新しいグラスを黙って差し出す。

まあこういう日もいいか。

飲みに専念して、じっくり酒の味を楽しむのも悪くはない。

そう思ってグラスを口元に運んだ時、隣に座ろうとしていた客の身体が肘《ひじ》に当たった。

「おっと」

「あ、失礼。かかりましたか?」

「いや、ちょっと飛んだ…だけ…」

額にかかる前髪、切れ長で黒目がちのすっきりとした目元、シャープな顎に白い肌。好みにドストライクの男。

男だが…。

「お前…」

相手は俺の顔を見ると、しまったという顔をした。

やっぱり、見まちがいじゃない。

「祠堂か？」

いつもデスクの向こう側から眼鏡ごしに見上げてくる無表情な役所の事務員みたいだった、真壁不動産の祠堂だ。

彼は俺の指摘に顔を歪めてからタメ息をつき、諦《あきら》めたように椅子《いす》に深く腰を下ろした。

「…どうも」

「ゲイデビュー…ってわけじゃないよな？　それが本当の姿か？」

「いつものも私だ」

「使い分けか」

「まあそんなものだ。このことは、ここをおごるってことで口を閉じておいてもらえないか？」

「ここをおごる？」

「足りない？」

彼の目に、一瞬不安そうな色が過《よぎ》ったのを感じて、俺は笑った。

「今日はおごられる日なのかね。これで三度目だ。だが払いは自分でするし、お前さんのもう一つの顔を誰かに話すつもりもないから安心しな」

「本当に？」

「この店に来てるような人間が、そういう話題で他人をどうこうするわけがないだろ。俺だってご同業なんだから」

「でも赤目はそういうことを知られてもジョークだと笑ってごまかせるタイプだろう」

「ごまかしゃしないさ。バイだってはっきり言ってる」

「周囲の反応は？」

少し安心したのか、祠堂は手を上げてギムレットを頼んだ。

「信じる、信じない。引く、引かない。笑う、興味を持つ、嫌悪する、またそれぞれだな。今日も一人『俺にはわからん』って言われた」

カクテルグラスが置かれ、それを手にする祠堂の横顔にちょっと見惚《みほ》れた。

やっぱりこいつは綺麗に作れば綺麗になる。

「眼鏡は伊達《だて》か？」

「少し近視が入ってる」

「今はコンタクトか」

「ああ。なくても見えるが」

「おごりはいいから、少し話さないか？　丁度一人で退屈してたところだ」

彼はちょっと考えてから、軽く頷き、身体をこちらに向けた。

「いいだろう。口止め料代わりに付き合おう」

白い襟の開いたシャツに黒いジャケット、スキニーなパンツが似合う細く長い脚。見れば見るほど好みのタイプだ。

「ここは今日が初めてか？」

「いいや。時々来ている」

「何で変装してるんだ？　こっちの格好のが客の食いつきがいいだろう？」

「まさか、仕事の支障になるだけだ。客とは深く付き合うつもりもないし、女性に言い寄られても困るだけだ」

なるほど、こいつは真性か。

それなら女避《よ》けに黒縁眼鏡は頷ける。

「お前はずっとここに通ってるのか？」

「俺も時々だな。相手を探したい時とか、一人でゆっくりしたい時とか。ここのマスターは放《ほう》っておいてくれと言えば放っておいてくれる」

「そうなのか？」

俺はタバコを見せて、吸っていいかと目で問いかけた。祠堂も目で許可をくれるので一本咥えた。

「うるさい親父《おやじ》だが、人の気持ちはわかる人だ。考え事をしたけりゃここに来るといい。知り合いに声をかけられたくなければ、先に言っておけば遠ざけてもくれる。ただし、親しくなり過ぎると時々説教たれるがな」

「お前は親しいわけだ？」

「まあな、若い頃から出入りしてるからな。お陰でガキ扱いされる」

「赤目を？」

美人だと思ったが、笑うとちょっと可愛くなるじゃないか。

普段がどうであれ、ここに通ってるのなら身持ちが固いってことはないだろう。

さっきから意外な姿に食指が動いていた俺は、そろそろ我慢が出来なくなっていた。

「祠堂」

「何？」

「今日は待ち合わせか？」

「いいや」

「じゃ、相手を探してるのか？」

「…ああ、まあ」

「そいつは俺じゃダメか？」

驚きはしなかったが、彼は少し困った顔をした。

「もし慣れてないなら優しくするぜ」

そう付け加えると、彼は笑った。

「赤目は野獣のようなセックスをしそうなタイプに見えるがね。でもまあ、優しくてもそうじゃなくても、お断りするよ」

「どうしてだ？」

「お前、どう見てもタチだろう？」

タチ、というのは同性愛において男役のことだ。女役はネコと言う。それをわざわざ口に出して訊くということは…。

「私もだ」

「そんな美人なのに？」

「嗜好《しこう》は外見と関係ないさ」

「お前は好みのタイプなんだ」

「私は初物食いが好みなんだ。慣れてないウブっぽい子が。赤目はどう見てもウブには見えないし、お前にネコになられてもねぇ…」

俺は手を頭に当てて天を仰いだ。

せっかく好みのタイプを見つけたと思ったのに。

「申し訳ありませんね」

「一度だけ試してみるってのはどうだ？」

「丁重にお断りする。一緒に飲むのはいいが、ベッドはまた別だ」

微笑《ほほえ》みながらのキッパリとした拒絶。

本当に残念だ。

「そうガッカリしなくても、赤目ならすぐに相手が見つかるさ。私から見てもカッコイイ男だから」

「相手にしてくれないのに褒められても、お世辞にしか聞こえないぜ」

「お世辞じゃないさ。本当にカッコイイと思ってる。容姿も男臭くて、野性味があっていいと思うが。この街で誰にも媚びずに働いてる姿は憧《あこが》れてる」

「本当に？　その割りにはあまり態度がよくなかったようだが？」

「軽すぎるからだ。生き方は男として憧れても自分の仕事相手としては、乱暴だし、口が悪いし、礼儀も足りない」

「…言うな」

「本当だろう。部屋に入る時にノックはしない、お茶は飲んで飲みっぱなし。仕事でも軽口は叩《たた》く」

「祠堂」

「でもプライベートなら、憎めない男だと思える」

「それなら…」

「いいオトモダチにはなれるかもな」

その笑顔は鼻先でピシャリとドアを閉じる顔だった。

「チェッ、もったいない。ああ、そうだ。一つ伝えておこうと思うことがあるんだった」

「何だ？」

「ヤクザのお兄さんから生意気だって言われてたから、気を付けとけよ？」

なんだ、そんなことかという顔。

「よくあることだ。真壁社長からも言われてるし、何度か突っ掛かられたことはある」

怯えるかと思ったが、彼の反応は素っ気なかった。

「心配して言ってやってるんだぜ？　何かあったら俺に連絡しろよ」

「それはありがとう。でも、何かあったら警察に駆け込むよ」

まあそれが正しい対処ではあるだろうが。

「ついでにもう一つ」

「何？」

「お前に惚れるかもしれない。これから口説くがいいか？」

「伝えておきたいことは『一つ』だろう？　聞かなかったことにする」

その時、また新しい客が入ってきた。

怖々《おずおず》と中を様子を窺《うかが》いながら入ってくる若い男だ。

「じゃ、失礼」

その若造の姿を見ると、祠堂は妖艶《ようえん》な笑みを浮かべて席を離れた。

俺の獲物になるはずだった男が、肉食獣の空気を漂わせて若いのに近づいてゆく。

あれは結構慣れてるな。

「あの祠堂がねぇ…」

俺は事務所での彼の姿を思い出してみた。眼鏡の似合う堅物の姿を。

あの姿と、今目の前にいる狩人の祠堂との違いに、ちょっと萌《も》える。

「…ギャップ萌え？」

だとしたら、あの取り澄ました顔が自分の腕の中で乱れるのはさぞ燃えるだろう。

交渉は上手くいったのか、祠堂は男とテーブル席に移ってしまった。

俺は話し相手を失い、手持ち無沙汰《ぶさた》に空になったグラスを弄《もてあそ》ぶと、手を挙げてマスターにもう一杯を要求した。

今日は誘いの多い日だったが、結局は一人の夜になりそうだと思いながら。


セックスする相手は男でも女でも構わない。

勃《た》つなら、年齢も気にしない。

遊びなら、玄人の方が後腐れがなくていい。

だが、恋愛は別だ。

恋愛をするなら、身持ちが固くてウブな方がいい。だが色気があって、感じてくれる方がいい。

男なら誰でも考えるような条件だ。

祠堂とバーで出会ってから、俺は祠堂と遊ぶか、恋愛するかを考えていた。

遊びなら、何度か誘いをかけて、受け入れられなければ諦める。恋愛なら、じっくり攻めて、断られても食らいつく。

だが、未《いま》だ結論は出ていなかった。

翌日、仕事で向かった事務所での祠堂はいつもと同じ姿、同じ態度だった。

昨夜の色気は夢だったのではないか、と思うほど。

だが、彼のもう一方の姿を知って、細かく見ていると、なかなかの色気も感じる。

パソコンのキーボードを叩く指先が綺麗だとか、スーツに包まれた身体がふとした動きでラインが見えると意外に細いなと思ったりとか。

彼が仕事場であの姿を隠しているというのなら、ここで口説くのはルール違反だろうと思うから、取り敢えずその話題は振らないことにした。

ただ、彼の方にも少し変化はあったようで、俺が行った時にコーヒーは出してくれた。

次の日に、昼飯に誘うと断られたがその理由も説明してくれた。

「店を空けるわけにはいかないから、私はいつも店屋物か弁当なんだ。店屋物でよければ一緒に食べてもいいぞ。ただし、払いは別々だが」

今までも、知り合いとして昼飯に誘ったことはあった。だがいつもけんもほろろで、『結構』の一言で断られていたのに。

「じゃあ一緒に弁当を食おう。弁当を買ってきてやる」

「それならいいぞ」

快諾に気をよくして、デパ地下に行き、有名料亭の弁当を買って戻ってくると、彼は驚き困惑した表情を浮かべた。

「こんな高い弁当は困る」

「おごりだ、気にするな」

「赤目におごってもらう謂《いわ》れはない。…ひょっとして口説いてるつもりか？　それなら無理だと…」

「口説くつもりはない。…とは言えないな。今悩んでるところだ」

「悩む？」

彼はデスクを回って出てくると、お茶を淹れるためにパーテーションの向こうに消えた。

「まだ祠堂のことがよくわからないからな、今はまだ様子見だ。チャンスがあれば寝てみたいとは思うが、本気で口説くかどうかはわからない。でももしかしたら好きになるかも知れないから、いい印象を与えたいんだ」

「つまりこれは撒《ま》き餌《え》ってことか」

「そんなとこだ」

祠堂はお茶を持って戻ってきた。もちろん、俺の分も。

「撒き餌なら食い逃げしてもいいわけだ」

「俺が美味《うま》い弁当をくれたって覚えててくれればいいさ。取り敢えず俺はお前を観察する」

「観察？」

「惚れるに値するかどうか」

「値しなかったら？」

「お前と一緒さ。いいオトモダチになろうってとこで止めとくよ」

「…変わったヤツだな。でも、弁当に罪はないから、ありがたくいただこう」

祠堂は、箸《はし》使いも上品だった。

ぱっと見てるだけでは、彼がこんな繁華街の片隅の貧乏臭い不動産屋で働く人間とは思えない。だが、この街に来る人間はそれぞれ理由があるのだろう。

それを問い詰めるほど、無粋ではなかった。

「美味《おい》しかったよ」

「だろ？」

「赤目は意外と舌がいいんだな」

「グルメじゃないが、食い道楽なところはあるな。だが、仕事が忙しけりゃ三食カップ麺《めん》だ」

「料理は作らないのか？」

「男の料理だな。ざっと切って、ざっと炒《いた》めてって感じだ。祠堂は？」

「一人暮らしが長いから下手ではないよ」

「いつかごちそうしてくれよ」

「ここでなら、な」

その返事は、家には呼ばないし、行かないぞ、という意味だろう。

それでも、メシを食ってる間は色々話もしたし、和やかに過ごせた。

その数日後も、一緒に昼飯を食った。

少しずつ歩み寄って、もう一度その手の話題が出せるようになれば、二人の関係も変わるかも知れない。

なんて思っていた時、祠堂が言った。

「来週の木曜日は仕事が入ってるか？」

木曜日。

俺は平日で仕事だが、真壁不動産は定休日、つまり祠堂にとっては休みの日だ。

「いや、特には入ってないが」

話ながら眼鏡を外すから、期待してしまう。

「よかったら、一日私にくれないかな？」

上目使いの視線は、お誘いか。すぐにベッドに連れて行けなくても、親しくなれるチャンスを与えてくれるのかも、と。

「もちろん。構わないぜ」

だからそう言ったのだが、返事を聞いた途端、祠堂はにっこり笑って野暮ったい眼鏡を掛け直してしまった。

「それはよかった。取り敢えず、日当と時間給とどっちがいい？」

「日当と…？」

「仕事を頼みたいんだ」

やられた…。

「俺がお前にその気があると言ったから、引っかけたな？」

「引っかけるほど大層なことは言ってないぞ。ただ木曜日は暇かと訊いただけだ」

「眼鏡を取って微笑みかけた」

「眼鏡を拭《ふ》こうと思っただけだ。頼み事をする相手に笑顔を見せるのも当然のことだろう？　それを勝手に誤解したのは赤目だ」

「…わかった。日当でいいが、メシ付きにしろ。何時から始めるにしろ、夕飯は一緒に食おう。それなら付き合ってやる」

「『引き受けて』だろう。いいだろう。仕事が終わったら一杯付き合うよ。だから木曜は一日開けておいてくれ」

「酒がOKなのか？　サービスがいいな」

「嬉《うれ》しいか？」

「いや、恐ろしい」

「察しがいい。何ならキス一つぐらい付けてもいいぞ？」

「キスは取引にしねぇよ。俺が好きになったら濃厚なのを一発頼むからいい」

だが俺は自分の態度を後悔した。

キスぐらいさせてもらえばよかった。

木曜日、朝一番で事務所に呼び出され、大荷物と共に二人向かったのは真壁不動産の管理するマンションの一室だった。

繁華街からほど近いところに建つ瀟洒《しょうしゃ》な建物。

見かけは綺麗だ。

だが中身は…。

「はい、マスクと軍手」

祠堂がそんなものを用意していたのも頷ける。

何せ、ワンルームのその部屋には足の踏み場もないほどのゴミで満ち満ちていたのだ。

ただのゴミじゃない。食べ物のカスもあるのか、物を蹴飛《けと》ばすと黒い影がサッと過ってゆく。臭気も酷《ひど》い。

「一体どう住みゃこんな部屋になるって言うんだ」

「それは本人に訊いてくれ。もっとも、もう永遠に訊けないだろうが」

「それって…」

「大丈夫、警察の現場検証は終わってる。事件性はないそうだ」

こういうことは初めてではない。

真壁のじいさんにも手伝わされたことはある。だがあの時は事前に説明があった。

『ゴ』だって別に平気だが、心構えというものがあるのだ。まして、祠堂と楽しい時間が過ごせるかも、と期待した身としては…。

「住人は女か」

部屋に散らばる荷物を見て訊いた。

「女性だ。二十代のホステスで、急性アルコール中毒だろうということだった。ホステスが突然店に来なくなるなんてよくあることだから、店側も気にしていなかったが、臭《にお》いが出て隣室の住人がうちへ来た」

「そこで変わり果てた姿を発見したわけだ」

「家賃は実家の親が払ってくれたので、ここを片付ければ問題はない」

死人が出た、とは言わずにまた貸し出せばいいだけだろうからな。

この街は人の入れ替わりが激しい。

長く住む者は稀《まれ》だ。

たとえ死人が出たとなっても、それを伝えてゆく者がいない。

「こっちのキッチンと風呂場は私がやる」

「水場の方が大変だろう？」

と言ってから気づいた。

「住人がいたのは奥か…」

「じゃ、よろしく」

軍手をはめた手で肩をポンと叩かれ、俺はタメ息をついた。

後で絶対キスはもらっておこう。向こうだってこういう物件の掃除だと言わなかったのだ、こっちが再度要求しても文句はないだろう。

俺は土足でゴミを踏み分け、奥へ進んだ。

住人がどんな女かは訊かなかったが、多分美人だったのだろう。

部屋にはブランドの紙袋がたくさんあったから。

これを全《すべ》て自分で買ったのなら、それだけ儲《もう》けていたということだし、贈り物なら貢いでくれた相手は一人じゃないはずだ。

服の傾向も、派手だが可愛い系が多い。

「売れそうな物はどうするんだ？」

「好きにしていい。親御さんは全ての処分を任せるとのことだ」

返事は風呂場から聞こえた。

部屋もこの調子なのだから、風呂場は多分黒カビや女の髪の毛で大変なことだろう。

「売って利益が出たら、一部こちらに還元してくれ。処分に金がかかったら全部こっちで持つから領収書は真壁不動産で頼む」

…ってことはこのゴミの処理も含めてが『俺の仕事』か。

服やバッグはブランド品だから、出所を隠してリサイクルショップに売れば金になるだろうが、他の物は処分に金がかかるな。

「家具は引き取れねぇぞ」

「それは後で業者を入れる」

ゴミを片付けていると、フローリングの床には黒い染みがあった。

人の脂は板に黒く染みる。この部屋の女はここに横たわってたわけだ。そして人の脂は拭き取ることなどできない。

恐らくフローリングは張り替えるか、カーペットでも敷いてごまかすのだろう。

部屋の荷物を一切引き取らないというのなら、親とは決別したか、親は東京での娘を認めたくないか…。

「ま、頭より手を動かす方が先だな」

マスクだけでなく、手ぬぐいでほっかむりもして、俺は黙々と掃除を続けた。

この汚部屋を片付けたら、祠堂と酒だ。

眼鏡を外してもらって、あの髪を崩してもらって、鑑賞に値する姿に戻ってもらって、ゆっくりと飲もう。

そのことだけを考えて、頑張ろう…。


部屋に散らばっていた服だの菓子のあき袋だの、弁当の食べかすだの、脱ぎ捨てたストッキングやバックなどを全てゴミ袋に突っ込んで片付けると、最初見た時よりも部屋は広くなった。

途中、一緒にメシを食いに出たが、お互い疲れてあまり食欲もなかった。

ようやく全てが終わったのは、もう夕方。

お互い疲れきって、汚れきっていた。

「風呂に入りたいよ…」

俺が言うと、祠堂も賛成した。

「いいね」

実際に汚れているというわけではないのだか、何というか…。この汚れた空間にいた、という空気を洗い流してしまいたかったのだ。

「では夕飯は、お互い着替えてから待ち合わせすることにしよう」

「約束は忘れてないんだな？」

「それを忘れたことにするには、キツイ仕事だっただろう？　それに、酷い方をやらせたし」

自覚はあったわけか。

祠堂は、持ってきた大荷物の中から一升瓶を取り出すと、片付いた部屋の真ん中に置いた。

「弔い酒だな。泡が立たないといいな」

「泡が立つ？」

「知っててやってるんじゃないのか？」

「真壁社長に置いて来るように言われたんだが…」

「俺も詳しくは知らないが、不動産屋の迷信みたいなものらしい。死人が出た部屋には酒を置く。翌日見に来て何もなってなければいいが、泡が立ってると祟《たた》りがあるかもしれないからお祓《はら》いするんだそうだ」

祠堂はむうっ、と顔をしかめた。

「ヤクザは怖くないが幽霊は怖いのか？」

「普通そうだろう。赤目は怖くないのか？」

「全然。実際襲われたら怖いと思うかも知れないが、死んだ者より生きてる者の方がずっと怖い」

「それはそうだが…」

祠堂はちらりと酒ビンを見た。

「売れる荷物を置いてくから、明日一緒に見に来るか？」

「…ああ」

「で、昼飯を食おう」

怖がる祠堂と、それに付け込んで付き合う代わりに昼飯を付き合えという俺の取引だが、お互い大人なのではっきりとは口にしなかった。

「いいだろう。明日は昼食をおごるよ」

部屋を出て、ドアに鍵《かぎ》をかけ、重い足取りで階段を下りる。

空は赤く、東から夜の闇《やみ》のカーテンが引っ張られてくるところだった。

周囲の建物からは家路を急ぐ人々が、駅へ向かう流れを作っている。もうそんな時間になったのか、と行き交うサラリーマンの背中を見た。

「祠堂の家、近いのか？」

「いや、バスに乗る」

「バス？」

ということは表通りに向かうのか。

「歩くには遠くて、電車の路線からは離れてるんでね。体調がいい時には歩くが、今はバスに乗るよ。タクシーでもいいぐらいだ」

「何だったら俺の部屋へ来るか？　シャワーぐらい使えるし、着替えも貸してやるよ」

「赤目の？　サイズが合わないだろう」

「だったらそこらで下着とワイシャツだけ買えばいいじゃねぇか」

「お前は下心がありそうだからな…」

彼が苦笑いする。

「下心はあるが、その気のないヤツとする気はないさ。それに、俺の部屋は…」

「祠堂、祠堂か？」

話している途中に、誰かの声が響く。

呼んでいたのは祠堂の名前だったから、彼の知り合いかと思ってそちらを見ると、彼の顔からは表情が消えていた。

冷たい、というより強《こわ》ばった顔だ。

「こんなところで会うとはな。この近くに勤めてるのか？」

今度は声の主の方を見る。

こっちは笑みを浮かべていたが、あまり好きな表情ではない。

ピシッとしたスーツ、整えられた髪、顔は悪くないがちょっと狐顔《きつね》だ。見たところ、神経質なエリートサラリーマンってとこか？

自分の見知った顔ではないし、この辺りの住人とも見えないので、俺は黙って二人の様子を見守ることにした。

だが男は俺の存在に気づき、ちらりとこちらに視線を向けた。

「それがお前のオトコか？」

「国分《こくぶ》」

祠堂の性癖を知ってる…？

だが好意的ではない響きだ。

「ゲイだって噂《うわさ》はやっぱり本当だったんだな。会社にいた時から付き合ってたのか？　だが、大した男じゃなさそうだな」

「止《よ》せ」

にやにやとした笑いと攻撃的な言葉。

「それとも、お前はこういうヤクザみたいなのが好みだったのか？」

「彼は関係ない」

「彼？　彼氏？　誰でもいいんならいっそそこらに立って男でも漁《あさ》ればいいじゃないか。そんな野暮ったい格好に変装してないで。それとも、そいつの好みか？」

「国分」

こいつはまずいな。

「祠堂さんのお友達の方ですか？」

俺は一歩前へ出ると、国分と呼ばれた男と祠堂の間に立った。

「私、赤目と申します。祠堂さんとはお仕事で色々お付き合いさせていただいております」

営業スマイルを浮かべながら、男の前へ更に歩み寄り、ポケットから名刺を取り出すと、それをずいっと国分の前に差し出した。

「こういう者ですので、どうぞお見知りおきください」

「え…？　あ…」

厭味《いやみ》を受けて向かって来るか、不快な顔をするであろうと思っていた相手に笑顔で詰め寄られて動揺する国分に、さらに畳み掛けるように続けた。

「あ、こういう仕事もしておりますので、もしよろしかったらご考慮ください。えーと、国分さんでしたっけ？　どちらにお勤めで？」

彼は俺の渡した二枚目の名刺を見て、ハッとした。

「私はこういう者です」

そして慌てて自分の名刺を差し出した。

「これはどうも。いや、お話から察すると、こちらの祠堂さんのお知り合いかな？」

赤目　梶

「昔の同僚で…」

「そうですか。でも、今は同僚じゃありませんよね？」

笑いながら目だけを鋭く彼に向ける。

「私の仕事相手にあらぬ暴言を吐かれるようでしたら、こちらとしても正式にそちらの会社さんにクレームを付けさせていただきますよ。残念ながら、あなたが想像してらっしゃる関係ではないですが、彼は大切な取引先ですから」

「いや、これは…。ただ親しみを込めて…」

「そうですか。いや、これは失礼しました。私も短慮で。国分さんが下種《げす》な勘ぐりをして確証もないのに他人の悪口を言っているかと誤解したもので。出過ぎたことを」

「…いえ」

「私共はまだ仕事があるので、これで失礼させていただきます。また何かありましたら何時《いつ》でもご連絡ください」

「あ…、はあ」

「じゃ、行きましょうか、祠堂さん」

振り向くと、祠堂は狐につままれたような顔をしていたが、ハッとして表情を戻した。

「あ…」

「明日の引き取りの話が残ってますから」

「ああ、はい」

祠堂は頭がいい。

だから俺の芝居に上手く乗ってくれた。

「わかりました。参りましょう」

言葉遣いも仕事モードに変える。

「国分、悪いが仕事があるので失礼する。もう私のことにはかまわないでくれ」

「待てよ、連絡先ぐらい……」

「もう声もかけないで欲しい。私は会社を辞めた人間だ。お前とも関係ない」

「関係ないって……！」

まだ言葉をかけてくる国分に背を向け、彼は速足で歩きだした。

「参りましょうか、赤目さん。お手間取らせて申し訳ありませんでした」

「いえ。では失礼します」

振り向いて国分に頭を下げると、彼は悔しそうな顔で祠堂だけを見ていた。頭を下げた俺など眼中にないようだ。

そのまま暫《しばら》く歩き、国分の姿が見えなくなると、祠堂はこちらを振り向いた。

「一体、どんな魔法を使ったんだ？」

「魔法？」

「国分を黙らせただろう」

「名刺を見たからじゃないか？」

「なんであいつがお前の名刺を見て黙るんだ？」

「社長と書いてあったからじゃないか？」

「社長？」

「社長」

俺は自分を指さした。

「赤目屋の社長に間違いないだろ？」

「…確かに所属しているのがたった一人でも社長に違いないな」

彼の顔に笑みが戻る。

「だがもう一枚渡していただろう」

「ああ」

「あれは…？」

「それは俺の部屋に行ったら話すよ」

「行くとは言ってないだろう」

「だがそこらのホテルに入るわけには行かないし、お前の店にゃシャワーがないだろ？　さっきのヤツが付いてくるかもしれないのに自宅まで帰るのも不安だろう？」

「それならお前の部屋に行くのも問題だ」

「大丈夫。俺の部屋は俺の部屋に見えないから」

「…どういう意味だ？」

「来ればわかるさ。シャワー浴びたいだろ？」

「変なことはしないな？」

「誓うよ」

「お前が何に誓うんだか。でもいい。近いなら、そっちへ寄らせてもらう。だがその前に着替えを買わせてくれ」

「ＯＫ」

祠堂が近くのファストファッションの店に入る時、俺は一応周囲を警戒してみたが、国分の姿は見えなかった。

けれど、俺にはあの男がこれで終わりにするとは思えなかった。

最後に、祠堂だけを見ていたあの視線のせいで。


俺の家は繁華街の中にある雑居ビルの中にあった。

しかも郵便受けには『赤目屋』の社名が書かれていることもあり、個人の住居とは思えないだろう。

ビルが建物の上を斜めに切り落としたような造りのせいで、七階建てのビルの七階にある俺の部屋は、広い屋上付きではあるが、ワンルームの簡素な部屋だった。

フローリングに置かれた大きいベッドと部屋の隅に置かれたクローゼット。テーブルの上にはパソコンが置かれているだけの寂しい部屋だ。

祠堂も、殺風景なこの部屋には驚いたようだった。

「もっと広くて雑多な部屋に住んでるのかと思った」

「寝に帰ってくるだけの部屋に金かけてもしょうがねぇだろ。シャワー浴びてこいよ。俺はその間にメシ買ってくるから」

「ここで食べるのか？」

「もう出掛けるのも億劫《おっくう》だろう？　それに、俺がいない方がゆっくり風呂に入れるんじゃないのか」

「それほどウブじゃないよ。見たけりゃ見ればいい」

「じゃ、脱ぐところだけ見てから行こうかな」

「だが見せたいわけでもない。食事、頼むよ」

タオルを出して渡してやると、祠堂はそのままバスルームのドアを開けた。

「…大きな風呂だな。ここはどういう造りなんだ？」

祠堂の裸目当てではないが、作業中ずっとタバコを吸わなかったので俺は一服つけた。

「元々、ここは事務所として貸し出す予定だったんだが、七階建ての七階ってことで借り手が現れなかった。そこで俺が使うことになったんだ。で、住居にするならベッドと風呂だけは贅沢《ぜいたく》にしようと思って居住スペースを削って風呂場を付けたんだ」

「赤目が造ったのか？」

「ああ。言っただろ、ここは元々事務所用だったって。殺風景かもしれないが、これで結構金はかかってるんだぜ」

「だろうな。いつもお相手はここに呼ぶんだ？」

「いいや。ここに呼ぶのは昔のダチぐらいなもんだ。お楽しみの時には楽しい場所へ行くさ」

「へえ。じゃ、お風呂お借りします」

脱ぐところを見られても平気、と言ったくせに、祠堂はタオルと買ってきた着替えを持ってバスルームに消えた。

わざわざ覗《のぞ》く気もなかったので、俺はタバコを吸い終えると、微《かす》かな水の音を聞きながらメシを買いに出た。

すぐ側《そば》のコンビニで、弁当とツマミを買う。飲む約束があったのだからとビールも買った。

いい店で一緒に飲んでいい雰囲気、とはいかないが、二人きりで飲めるならそれもいいだろう。

戻ってきた時にはまだ祠堂は風呂を使っていたが、板の間に座らせるのも悪いかと、テーブルをベッドに移している最中に出てきた。

眼鏡を外し、濡《ぬ》れ髪の色っぽい姿に口笛を吹く。

「ドライヤーはないのか？」

「洗面所にあっただろう」

「わからない」

「こっちだ」

一緒に脱衣所兼洗面所へ行き、洗面台の横の棚からドライヤーを出してやる。

「俺も入ってくるから、先に飲んでていいぜ。ビール買ってきた。メシは一緒に食おう」

「出るのを待ってるよ」

「そうか？　じゃ、すぐに上がるよ」

彼がまだそこにいる間に、俺はシャツを脱ぎ始めた。

恥ずかしがってるわけじゃないだろうが、祠堂はドライヤーを持ってすぐに出て行った。

湯船に浸《つ》かりたい気持ちもあったが、外で祠堂が待っていると思うとその時間がもったいない。彼が自分の部屋にきて、二人きりで過ごしてくれるチャンスはそうそうないだろうから。

ざっと身体と髪を洗い、ほぼカラスの行水で部屋に戻ると、買ってきてテーブルの上に置いてあったコンビニの袋はなくなり、弁当もきちんと置かれ、ビールのグラスも出ていた。

「早いな」

「お前が待ってるからな。床に座るとケツが痛いだろう。ベッドに座れよ」

「警戒してるわけじゃないが、床でいいよ。もっと長くかかるかと思ってビールは冷蔵庫に入れておいたんだ、ちょっと待ってろ」

俺は上半身裸のまま、立ち上がってキッチンへ向かう祠堂を追いかけた。そして新しいシャツを着た彼の身体に背後から腕を回す。

「…下心はないんじゃなかったのか？」

「下心というか、報酬が欲しい」

「明日昼飯を一緒に食べると言っただろう」

「それともう一つ、キスぐらいはもらってもいい仕事だったかなと思ってな」

祠堂は振り向くと、小さくため息をついた。

「質問に答えてくれるなら」

「いいぜ？　何を訊きたいんだかわからないが」

「じゃ、どうぞ」

目を閉じて、祠堂が顔を差し出す。

許可が下りたので、遠慮することなく俺は祠堂の唇をいただいた。

薄い唇は柔らかく、合わせると迎え入れるように僅かに開かれる。

それを舌でこじ開け、吸い付くように深く求める。

祠堂は応《こた》えて舌を絡めてきた。

身体ごとこちらに向き直り、腕も回してくる。

俺もしっかりと抱き締めると、彼の身体は俺の腕にジャストサイズだった。

クセになりそうなキスだ。

柔らかく蠢《うごめ》く濡れた舌をしゃぶるように求め続けていると、祠堂の手が軽く俺を押し戻した。

「何だ？」

「…これ以上はダメだ」

離れた唇を手の甲で拭《ぬぐ》う祠堂の顔が少し赤い。

嫌だったわけじゃなさそうだな。

「感じるからか？」

「否定はしない。上手すぎて嫌だった」

「いいじゃねぇか。お互いフリーで問題ないだろう？」

「腹が鳴った」

と言われると、それに応えるように自分の腹も鳴った。

「だな、続きはメシの後にしよう」

「食事をしても続きはしないぞ」

抗議の声は無視して、テーブルにつく。

「コンビニメシで悪いが、明日はいいところを予約しておくよ」

冷蔵庫から出してきたビールを、祠堂はグラスに注いだ。俺は面倒《めんどう》なので、缶にそのまま口をつける。

コンビニの弁当はまあまあ美味かった。

祠堂も悪くないと思ったのが、空腹からか、箸を動かす。

「質問に答えてくれるんだよな？」

「ああ。何が知りたいんだ？」

「もう一枚の魔法だ」

「もう一枚の魔法？」

「国分が態度を変えたのは二枚目の名刺を見てからだ。あれはどういう名刺なんだ？」

「何だ、そんなことか」

俺は箸を咥えると、脱いだ上着から名刺入れを取り出し、一枚を彼に渡した。彼の目が、受け取った紙片の上を走る。

「ＬＤコーポレーション…？　データ管理の上場企業じゃないか」

「二部だけどな」

「特別顧問赤目梶って…、お前が？　それともこの名刺はニセ物か？」

「失礼な。本物だよ」

「じゃ、お前は…」

「名義を貸してるだけだ」

「貸してる？」

「社長の稲田《いなだ》ってのがダチで、税金対策で役員に名前を貸してるんだ。ここだけの話、仕事は何にもしてないが給料は入ってくる」

「本当に？」

「電話かけてやろうか？　呼び出せば来ると思うぜ、稲田は弟分だから俺のが立場が上なんだ」

「それじゃ、赤目は金持ちなんだ？」

「んー、それほどじゃねぇな。ここの改築にも金使ったし、貰《もら》った給料の一部は返してやってるし。おっと、これはナイショな」

「マネーロンダリングか」

祠堂の目がきつくなる。

「人聞きが悪いな」

「裏金を作ってるってことだろう？」

「まあそうとも言うかもな。だがちゃんと報酬は税務署に申告してるし、手続き上に問題はないようにしてるぜ？」

「呆れた…」

祠堂は言葉通りの顔をした。

「でもそれでわかったよ。国分がバカでも、大会社の役員にケンカは売れないだろう」

その名前が出たので、今度は俺が彼に問いかけた。

「あいつ、お前の前の勤め先の人間か？」

その途端、彼の顔が強ばる。

「ノーコメントだ」

「それぐらいいいだろう」

「…そうだよ」

「困ってる？」

「まあね」

「何かあったら、俺に連絡してこいよ？」

「肩書で黙らせてくれるって？　ありがたいが、別に気にするほどのことじゃない。もう会社は辞めてるし、あの男と会ったのは偶然だ。もう二度と会わないだろう」

「どうかな？」

「どういう意味だ？」

彼は警戒した視線を向けた。

だがそれは俺にではない。国分に対してだろう。

「あいつ、お前に惚れてるんじゃないのかな。だとしたら、しつこくして来るかもしれないぜ」

けれど俺の言葉に彼は笑った。

「そんなこと、あるわけないだろう。ゲイが嫌いで、嫌がらせをしてるだけだ」

「そうかな」

俺は祠堂を見つめていた国分の顔を思い出した。

俺という第三者がいて、祠堂も背中を向けていた。嫌がらせをしてるだけなら、そこで舌打ちの一つもして離れただろう。

だがあの男は『待てよ』と祠堂を引き留めようとしていた。

ということは、あの男はもっと祠堂にかまってもらいたかったってことだ。

執着がある人間は面倒臭い。それが愛情でも憎悪でも。

「まあいいや。とにかく、何かあったら『助けて』って言うんだぞ」

「そうしたら助けてくれるのか？」

「もちろん。俺は正義の味方だからな」

祠堂はまた笑った。

「随分ガサツな正義の味方だな」

「何言ってる。肉体的にも精神的にもぴったりだろう」

「どうだかな」

「今日助けてもらったのにそう言うか？」

「助けて？」

「あの部屋を一人で片付けずに済んだだろう」

一瞬、祠堂の纏《まと》う空気がピリッとしたのは、国分のことを考えたからだろう。

「それは確かに。そのことならまた頼むかもしれない。『助けて、赤目』って」

「そうそう事故物件なんて出ないだろうが、その時はキス以上の報酬も用意しておけよ？」

「考えておく」

それから、俺たちは国分の話題を避け、当たり障りのない会話に移った。

明日の約束とか、あの部屋の物を売った金は家族に渡したらどうかとか。最近の街の様子とか、経済状態とか。

酒が入っても祠堂は乱れることはなく、まあまあ悪くない楽しい時間を過ごした。

どうせなら泊まっていけばいいと誘ってみたが、返事はノーだった。

「まだ仕事があるんだ」

とは言ったが、どこまで真実か。

「また来るか？」

と訊くと、「考えておく」という返事だった。

買ってきたビールが尽きる頃、祠堂は腰を上げ、俺も黙って送り出した。

あの国分という男に関しての愚痴が出なかったのは、まだ祠堂が『何か』を気にしているということだろう。

それがわかっていながら、俺は何も訊かなかった。

「気になるなら、自分で調べりゃいいだけだ」

と思っていたので…。


祠堂のことを調べるのは、難しいことではなかった。

俺にはその方法があったし、祠堂は極めて一般の人間だったので。

まずは真壁のじいさんに連絡を取り、ちょっと祠堂のことで気になることがあったんだと前置きしてから彼について尋ねてみた。

じいさんは東京都下の田舎に引退していて、俺の来訪を歓迎してくれたが、口は固かった。

「本人が言わないことをワシが言うわけないだろう」

「あいつに付き纏うかも知れない人間がいるんだぜ」

と言うと、ちょっと考えてから一つだけ教えてくれた。

「前に勤めていた会社でトラブルがあって辞めたんだよ。それで引っ越そうとしてうちの店に部屋を借りに来てな。話を聞くと無職だというからうちで雇うことにしたんだ」

その『聞いた話』というのが何なのかは教えてくれなかったが。

だが引っ越さなければならないほどのトラブルがあった、ということはわかった。

少し慎重に調べた方がいいかな、と思って、今度は国分からもらった名刺の会社に探りを入れることにした。

ディレクション保険。

外資のデカイ保険屋だ。

国分が情報データの管理会社であるＬＤコーポレーションの名刺に怯《ひる》んだのも頷ける。保険や金融にとってデータは重要だ。仕事を進める上でも、自社を守るためにも。

それで思い出した。

情報収集ならプロに任せればいいじゃないか、と。

そこですぐに稲田に連絡を取ると、個人的に国分と祠堂のことを調べるように依頼した。

流石《さすが》プロの仕事は早い。

翌々日には、俺の知りたいことを全て持って、稲田は俺の部屋を訪れた。

「相変わらず何にもないっすね。ソファぐらい置いてくださいよ」

ブランドのスーツを着こなして昔の面影も薄れた稲田は、口調だけ昔のままに言った。

「普段は一人なんだから、邪魔だろう」

「彼女とか連れ込まないいんですか？」

「もっといいとこに連れてくさ。ホテルってもんがあるだろ。それとも、お前俺とホテル行くか？」

「お望みなら覚悟しますけど、取り敢えず遠慮します」

俺の性癖を知っているから、稲田はそう言って笑った。

スーツで床に座るのは嫌だったらしく、ベッドの上へ腰をおろす。

「赤目さんの頼みですから、細かく調べましたよ。まず、現在もディレクションに勤めてる国分の方ですが、エリートです」

タブレットを取り出し、画面を読み上げる。

それによると、国分孝一《こういち》はディレクション保険のデータ管理部の所属。顧客のデータや、保険料の支払い状況を管理する部門らしい。

父親が関連会社の重役で、そのコネで入社したらしいが、仕事ぶりはまあまあ。

性格はさほど悪くもなく、女性達の評判も、ちょっと鼻持ちならないところはあるが悪くもないらしい。

「今時はパソコンでそんなことも調べられるのか？」

「SNSに潜り込めば、噂話だってネットから入手できますよ。昔で言うところの、給湯室の女の会話を立ち聞きするようなもんです」

「ああ」

その『給湯室での女の会話』では、実家も金持ちな国分は狙《ねら》い目だそうだ。

特に誰かを苛《いじ》めているとか、諍《いさか》いがあるということもないらしい。

「ただ、男の方はちょっと違いますけどね」

「男受けが悪いってことか？」

「いや、過去の話らしいんですが、上役に噛《か》み付いて、追い出したらしいです」

「追い出した？　どうやって？」

「そこははっきりしてないんですが、多分親のコネを使ったんじゃないかってことで、あいつを怒らせない方がいいとか、気に食わないと上司も追い出すヤツとか言われてます」

「それでも嫌われてる様子はないのか？」

「好かれてもいません、普通です」

妙な話だ。

その上司と折り合いが悪かったのか？

「上司の評判は？」

「あまり。でもゲイだったんじゃないかって言われてます」

「ゲイか」

祠堂に対する態度といい、国分はゲイが嫌いなんだろうか？

自分がゲイだという意識が芽生えたところで、それを認めたくなくて目に付くゲイに突っ掛かって回ってるとか？

「でもう一人、祠堂美季也《みきや》ですが…」

祠堂の下の名前は美季也というのか。

「彼もゲイの噂が立って辞めてます」

「噂だけで？」

「こっちは色々目撃談もあったみたいです」

最初はゲイじゃないか、という冗談のような噂だったが、それが取り沙汰されるようになったのは、社内でキスを目撃されてのことだった。

相手はわからないが、男であることはわかった。

そこから真性のゲイではないかという噂が立ち、『俺は狙うなよ』などという露骨な厭味を言われるようになり、結局いづらくなったのか、自ら退職したらしい。

祠堂が、外見や自分の性癖を隠していたのはそれが理由か。

「追い出したのが国分ってことは？」

「いいえ」

「厭味を言ってはいたんだろ？」

「そこまではっきりとはわかってませんが、決定的だったのは取引先にその噂が流れたことだったみたいですね」

「そいつが文句を言った、か」

「まあそうです」

「俺も勤め人だったらそうなったかもな」

「赤目さんは勤め人自体が似合わないでしょう」

「だな。型に嵌《は》まるのは苦手だ」

「それでいいんですよ。赤目さんは自由でいてください。俺達の憧れですから」

「何言ってる、上場企業の社長が。お前こそ、みんなの憧れだろ」

「そう言っても、俺は兄貴を手伝ってるだけみたいなもんですから。パソコンの関係はみんな兄貴がやってくれますし」

ここでいう兄貴とは、稲田の本当の兄さんのことだ。

俺も友人ではあるが、稲田の兄貴は引きこもりのパソコンオタクだった。

パソコンを扱うことにかけては天才的だが、人間関係はからっきし。反対に稲田はパソコンはほどほどだが商才があった。

兄弟で上手くしたものだと思って、会社をやってみろよと勧めたのは俺だ。

それを意気に感じて、稲田は俺を役員に据えてくれたのだ。

「祠堂の勤めてた頃の写真見ますか？」

「手に入ったのか？」

「社員の一人が社内バーベキュー大会の写真をＳＮＳにアップしてました。これです」

画面を呼び出し、タブレットをこちらへ寄越《よこ》す。

そこには川べりに十数人の男女が集まって撮った集合写真があった。

写真の中の祠堂は今と違ってシルバーフレームの眼鏡をかけ、髪も七三には分けているが、撫でつけたりせず前髪を後ろに流している。

この姿なら、男女問わずにモテただろう。

何より、写真の中の祠堂は笑っていた。

彼から二人置いたところに国分も写っており、手にはバーベキューの串を持ち、こちらも笑っていた。

この時には、二人とも友人だったのかも。

「一番端に写ってる中年の男が、国分に追い出されたって噂の大山《おおやま》って課長です」

言われて目を向けると、一同の中で一番年上らしい男が微笑んでいる。

身だしなみに気を遣うタイプなのだろう、アウトドアなのに襟元に高級そうなスカーフを巻いている。さぞ現場では暑かっただろうに。

特別問題のある人物には見えなかったが、俺は嫌いだ。

ＴＰＯを無視して自分のスタイルを貫くというのは、自我が強いということだ。

確固たる自分のスタイルを持っている人間というのは、滑稽《こっけい》になろうとも微笑ましい。だがこの男は、周囲に合わせるふりをして自分だけを特別に見せようとしているところが鼻持ちならない。

まあそれは別として、大体のことはわかった。

祠堂は会社に付き合ってた男でもいたのだろう。それがバレで会社にいられなくなって辞めた。

国分は友人だっただけにその事実が許せなかったか、自分も祠堂が好きだったから可愛さ余って何とやらってところか？

その八つ当たりに、同じゲイっぽい上司を叩きだし、偶然出会った祠堂に噛み付いた。

祠堂も、ゲイがバレて会社を辞めることになったから、今度はそれがバレないように野暮ったい格好をして性癖を隠している、ってことだろう。

「で、どっちが狙いなんです？」

稲田はタブレットを引き取ると訊いてきた。

「狙い？」

「何か狙いがあって調べさせたんでしょう？」

「ああ、そういう意味か。いや、別に特別な狙いがあったわけじゃない。ただ、ちょっと国分の方が気になってな」

「国分ですか？」

「この祠堂ってのは今付き合いがあってな。ま、ちょっとイイなっと思ってる」

「はあ」

稲田は、そっちか、という顔をした。

「その祠堂と国分が会ったところに出くわしてな。もう会社を辞めた人間で、特に関係があるふうでもないのに、しつこく突っ掛かってたのが気になったんだ」

「この祠堂っての、ゲイなんでしょ？　ゲイが嫌いなだけじゃ？」

「かも知れない。だが別れ際に『待て』と言ったのも気にかかる」

「執着してるってことですか。俺を見ろってわけですね？」

「そうだ」

俺がタバコを取り出すと、稲田もタバコを咥えた。

「粘着質な人間には注意が必要だろ。だから理由があるのかどうか知りたかったんだ」

「理由なく絡んで来るヤツは問題アリですからね。で、こいつはイカレたヤツだと？」

「いいや。多分、祠堂に惚れてるんじゃないかと思うんだが…」

「惚れてる、ですか？　突っ掛かってきたんでしょう？」

「だからさ。惚れてるなら、優しくした方がアピールになるだろうに、わざわざケンカを売るところがガキっぽい。ガキは何するかわからねぇからな」

「はあ」

「何だ、気のない声出して」

「赤目さんが『至急調べろ』なんて言うもんだから、カチコミかと思って期待してたんすよ。でも男同士の色恋沙汰だったんじゃガッカリです」

俺は稲田の頭を軽くこずいた。

「ばーか、もしカチコミだったら、お前なんかかかわらせるわけねぇだろ。真面目に働いてるんだ、ガキみたいなこと言うな」

「赤目さんなら、そういうとこ、上手くやるでしょう？」

「もう俺も若くねえよ。二十歳過ぎたらヤンチャは卒業だろ。その二十歳だって随分昔の話だ」

「ですよねぇ。でもここいらに、新興のヤクザが流れてきたでしょう？」

稲田はまたタブレットを指で動かした。

「ブルースターか？」

「そうです。大元は信田《しのだ》組ってとこだったんですけどね」

「仕事相手だ」

言うと、彼は顔を上げてこちらを見た。

「ヤバイもん運ばされてないでしょうね。チャカとかヤクとか」

「警察のやっかいになるようなものは運ばねぇよ。ギリギリ真っ新《まっさら》な身体で来てるんだ。今更傷モノになりたくない」

「そうしてください。刑務所に差し入れぐらいは行ってあげますけど」

「バカ」

話が長くなってきたので、俺は冷蔵庫からペットボトルのお茶を持ってきてやった。

ビールもあったのだが、車で来てるからアルコールはダメだろう。

テーブルの上に稲田の分を置いて、自分の分を開けて口を付ける。

「ブルースター、マズイのか？」

「前身の信田組がね。組長の信田は捕まってます」

「廃業したんじゃないか？」

「代貸？　若頭？　ナンバー2の岸本《きしもと》ってのが看板おろさせたみたいです。で、その岸本は今東の方で地回りやってます。頭のいい男らしく、要領のいいのはみんなそいつが連れてったみたいで、三番手の星川は、気の荒いやつらとブルースターを立ち上げました。それができたのは、ヤクザだった時に食い物にしてた不動産屋を取り込んで免許を取り、飲み屋を取り込んで飲食店の許可を取りって感じです」

「他人のフンドシで営業許可か。どうりで突然来た割りには手広く始めたと思った」

「信田の頃の闇金の客です」

借金のカタに俺のところへ来いと、資格を持ってる人間を囲い込み無理やり始めた会社ってところだろう。

「深い付き合いはしないようにしとくよ。触らぬ神に祟りなしだ。無視すりゃそれはそれで目を付けられるから適度にな」

稲田は呼び出したデータを見せようとまたタブレットをこっちへ渡そうとしたが、俺は手でそれを断った。

今知りたいのは祠堂のことだけだ。

そんなヤクザのことなんぞどうでもいい。

「またみんなで集まりたいですねぇ」

「飲み会なら何時でも顔出してやるぞ」

「本当ですか？　じゃ、マツやコイちゃんとかに連絡取っていいっすか？　コイちゃん、飲み屋やってるんですよ」

「ああ、あの焼き肉屋みたいなとこだろ、行ったよ」

「美味かったっすよね。あいつ昔からメシ作んの上手かったし」

知りたいことを教えてもらった後は、適当な話に終始した。

大会社の社長という肩書が重いのか、稲田は喋ってるうちにだんだんとヤンチャしてた頃の口調に戻り、昔を懐かしむようなことばかりを口にした。

だから俺は『組織』というものに入れないのだ。

稲田はそれでも我慢して続けているが、自分だったら『もう止めた』と誰かに投げ渡して逃げ出しただろう。

そう思うと、これが稲田の息抜きになるならと、お茶だけで彼の話に付き合った。

新しい車の話、バイクの話、昔行った山や海の話。バカをやった思い出。

だが彼も暇な人間ではないので、三時間ほどすると、社に戻ると言って帰っていった。

「ホントに何かあったら呼んでくださいよ」

と、事件を期待するように。

困った社長だ。

稲田のお陰で大体のことは把握できたので、午後は仕事に勤《いそ》しみ、バイクを走らせ、夜になると『クロス』へ向かった。

今日は純粋に飲むだけのつもりで行ったのだが、そこに祠堂がいた。

「よう」

と声をかけると祠堂は微笑んで俺を迎えてくれた。

「また相手を探しに来てんのか?」

そう訊くと彼は首を振った。

「飲みに来ただけだよ。そっちは?」

「俺もだ」

彼が座っていたカウンターの隣に座り、いつものバーボンを頼む。

「そうだ。この間預かった事故物件の荷物、売れたぜ」

「大した額にはならなかっただろう?」

「そうでもない。服は大したことないが、ブランドのバッグが高く売れた。全部で五十万ちょっとになったぜ」

「それは凄《すご》い」

俺は財布に入れっぱなしにしていた金の入った封筒を取り出し、万札を十枚だけ抜き出し、残りを祠堂に渡した。

「手間賃で俺が十、お前に十、残りは親御さんに渡してやれ」

「それだけでいいのか？　半分ぐらい…」

「それが商売なわけじゃないからいいさ。それに、お前との昼食も楽しかった」

あの翌日、約束通り荷物引き取りも兼ねて彼に付き合い、またあのマンションに行き、昼飯を食った時のことを口にすると、祠堂は顔を歪めた。

「ああいう話をするなら、もうお前と食事はしない」

「茶目っけじゃねぇか」

その反応が可愛くて、思わず笑う。

彼が、ヤクザは怖くないが幽霊は苦手とわかったので、メシを食ってる時にちょっとだけ怪談をしてやったのだ。

平気な顔をして聞いていたが、ちょっと怯える様が可愛かったので、だんだんと脅すような怖い話をしたのだ。

特に彼が怖がったのは、電話の女の話だった。

何度も女の声で電話が入り、その度に受話器の向こうから『今駅に着いた』『駐車場の前を過ぎた』『角を曲がった』と一言だけ言い、それがだんだんと近づき、最後に『今ドアの前にいるよ』と言って電話が切れるとノックの音が…、というよくある話だ。

「電話、かかってきたか？」

からかうつもりで訊くと、カウンターの下で足を蹴られた。

「いいじゃねぇか、ただの話なんだし」

「…最近無言電話が多いんだ」

「無言電話？」

「別にお前の話を信じてるわけじゃないが、いい気持ちはしないだろ」

無言電話、か。

嫌な感じだな。

だが国分はこいつがどこに働いてるかは知らないはずだし…。

「反省してるのか？　急に黙って」

「ん　ああ。悪かった」

考えていたことをごまかすために、素直に謝ったのだが、祠堂の方が恐縮してしまった。

「別に本気で幽霊とか信じてるわけじゃないから気にするな。ただ子供の頃から苦手なだけだ」

「お化け屋敷とかもダメか？」

「理屈に合わないことが嫌いなんだ。説明がつかないと逃げようがないだろう」

「Gとかは平気だろ？」

「殺虫剤かければいい」

「ヤクザは？」

「警察を呼ぶ」

「ストーカーとか泥棒は？」

「それも警察を呼ぶ」

「頼もしい限りだ。だったら幽霊も坊主でも呼べばいいじゃないか」

「不確定だろう。僧侶《そうりょ》を呼べば必ず対処できるわけじゃないし、そもそも幽霊という存在自体が不確実だ。…もうこの話はいい。他の話をしよう」

ふいっ、と横を向く祠堂の顔が、普段の彼からは想像できないほど可愛くて困った。

「幽霊って、Hな話してると出ないって言うぜ」

「だからもういいって言ってるだろ」

「祠堂、プライベートの携帯持ってるんだろ？　俺と番号交換しようぜ」

「どうして？」

「万が一の時にHな話をするために」

「ばからしい。…でも、赤目にならなら普通に番号を教えてもいいよ」

「本当に？」

「赤目がいい人間だとわかったからな」

「いい男？」

「いい『人間』。いい男でもあるが、それは俺には関係ない」

「チェッ。わかったってことは今まではどう思ってたんだ？」

祠堂は携帯電話を取り出した。

「ガサツで、調子がよくて、考えの足りなさそうな男」

「…失礼な」

「でも今はそうは思ってない。赤目は、頭のいい男だし、気遣いもある。でも、調子がいいのは本質だと思ってるけどな」

俺も携帯を取り出し、彼と番号交換した。

「国分のこと、あれ以来何も訊かないな」

「言いたくないことを問いただしても仕方がない」

勝手に調べているからだ、とは言えない。

「そういう心遣いがありがたいよ」

祠堂はこちらを見て、にこっと笑った。

美人だ、とは思っていたが、可愛くもある。

まずいな。

本気で惚れそうだ。

「じゃ、飲むか。今日は笑える話をしてやるよ」

「幽霊のは断る」

「大丈夫だって、食い物の話にしよう。お前、ほうとうって知ってるだろ？　あれの汁粉みたいなの知ってるか？」

「汁粉？」

「ほうとうを小豆と一緒に煮てるやつだ。甘くて美味いぜ」

「赤目、甘党なのか？」

「どっちもイケル口だ」

祠堂の印象がくるくると変わる。

最初は堅物で、容姿を気に掛けていないヤツだと思っていた。

だが、実際は同好の士で、美人だということがわかった。幽霊を怖がるのが可愛いとか、人を上手く使う程度に計算高い。

過去に傷を負ってもそれを表に出さず、新しい生活を自分の足で踏み出す強さがある。

笑ったり拗《す》ねたりする顔は可愛くて、話も上手い。

こうして一緒に飲んでいると楽しい。

「学生の頃にあんバタっていう食べ物があったなあ。女子が食べてたけど」

「シベリアじゃないのか？」

「シベリア？」

「あんことバターが一センチくらいの層で挟んであって…」

単なる見知りのトラブルを心配していた気持ちが、好きなヤツを気にかけるものに変わってしまう。

いや、国分のことを調べようと思った時点で、俺はこいつに並々ならぬ興味を持っていたのかもしれない。

単なる仕事相手だったら、あれしきのことで調べようなんて考えなかったはずだ。

「俺はドラ焼きとかも好きだぜ」

「うちに頂き物の菓子があるから、やるよ」

「いいのか？　お前の分は？」

「俺も少しは食べるけど、赤目ほど甘い物が好きなわけじゃない」

ハマる、という言葉が頭の片隅を過った。

「じゃ、明日行くよ。お前には何かしょっぱい物を持ってってやる」

その言葉が、今の自分にぴったりかもしれない。

「いいよ、何も持ってこなくて。客がいなかったら、一緒にお茶しよう」

微笑む祠堂の顔に、ハマッてゆく予感がする。

彼が、同じタチで、それが恋を囁《ささや》いても受け入れてもらえないとわかっている障害であることも、俺を煽《あお》っているのかもしれない。

難しいものほど攻略したい、という気持ちで。


国分のことは頭の片隅に追いやって、俺は祠堂との親交を深めることに専念することにした。

と言っても、大したことができるわけじゃない。

ただ、彼も自分に心を開いてくれるようになったので、昼飯は一緒に食うようになった。

仕事の合間に、お茶を飲みに行くこともある。

そんな時、祠堂は眼鏡の向こうで嫌な顔をしながらも、自然とお茶を淹れてくれた。

客が来ている時は、彼のいる部屋を素通りして奥の部屋で客が帰るのを待つ。

部屋を案内したりで外出している時は、仕方なく退散する。

プライベートの電話を知ったので、飲みに行こうと誘うこともあった。大抵の場合、祠堂は応えてくれたが、断られることもある。その駆け引きも楽しい。

そうだ。

祠堂といると楽しい。

一番簡単で、一番重要なことだ。

燃えるような激しい恋愛ではなくとも、俺が祠堂を好きなことは決定的と言っていいだろう。

だから、ある日、いつものように昼飯を食いながら言ってみた。

「以前、祠堂を口説こうかどうしようか迷ってるって言っただろう」

手土産の弁当を口に運んでいた祠堂の手が止まる。

「仕事場でそういう話は困る」

「誰が聞いてるわけじゃないからいいじゃねぇか。って言うか、お前が真面目に働いてる場所だからこそ、真面目な話をするのにぴったりだと思ってな」

「真面目な話？」

「本気でお前の恋人に立候補しようと思うんだが」

祠堂は口を『へ』の字に曲げた。

「私は女役はやらないぞ」

「わかってるって。それはおいおい頑張ってみる。だがセックスする前に気持ちの問題があるだろ」

「気持ち…」

「俺と恋愛しようぜって言ってるんだ」

祠堂は箸を置いた。

怒らせたかな、と思ったら呆れられたようだ。

箸から離した手を額に当て、大きなため息をつかれる。

「男同士で、そんな真面目に考える必要はないだろう。ヤりたいならヤりたいとはっきり言ったらどうだ。そうしたらはっきり断るから」

「酷ぇな」

「事実だ」

「祠堂の言いたいことはわかる。セックスするならそんなに真剣に考えなくても、誘えばいい。恋愛なんぞとご大層なことを言い出すなって言うんだろ？」

「その通りだ」

「でも俺は、『お誘い』じゃなく『恋愛』がしたいと思ってるんだ」

「どうして？」

「お前が好きになったから」

「赤目」

俺は手を止めず、弁当を食いながら続けた。

これでも、少し気恥ずかしかったので。

「お遊びで相手をしてくれるって言うなら、もちろん据え膳《ぜん》はいただくが、ここんとこお前と一緒に過ごしてて、もっと祠堂のことが知りたいと思った。ベッドの中だけじゃなく、二人で出掛けたり、他愛のない話をしたり、そういうことも楽しみたいと思った」

「そんなの、友人でいいじゃないか」

「セックスもしたいんだ。気持ちの伴ったセックスは気持ちいいぜ？」

「……ばかばかしい。で？　これからどうして欲しいんだ？　何か私に態度を変えて欲しいと言い出すのか？」

「いいや。今まで通りでいい。ただ取り敢えず本気で行くから、そのつもりでいてくれって宣言だ。不用意に俺を誘ったり二人きりになると、ケダモノになるぞってな。襲われたくなかったら、注意しとけよ？」

祠堂は何故か顔を歪め、それから失笑した。

「おかしなヤツだ。わざわざそんなことを言うなんて」

「強引に出て嫌われるのは怖いが、我慢できる自信もない。だから言っとくのさ。言ったからには言い訳もきく。先に言っただろ、って」

笑いが出たところで気が済んだのか、祠堂はまた箸を手に、食事を続けた。

お互い、意識せず視線を外す。

食べてる時は食べているものを見るのが当然だから。

「今、こうして二人きりでいるのも危ないって言うのか？」

「そんなこと言ってたら仕事にならねぇだろ。そこは大丈夫。お前が俺の首に手を回したり、いきなり服を脱ぎ出したりしない限り」

「そんなことするか」

「一緒のベッドで寝ようってのもヤバイな」

「お前とどこかに泊まることもないだろう」

「だから、普通にしてれば今まで通りだって。ただ色仕掛けは…」

話してる途中で電話が鳴ったので、俺は言葉を切った。

祠堂が口の中のものを呑《の》み込み、受話器を取る。

「はい、真壁不動産です」

だが応対に出た彼の顔は固まった。

「……声が聞こえないので、切らせていただきます。ご用件があるようなら、もう一度お掛け直しください」

そしてそう言うと、受話器を置いた。

「前に言ってた無言電話か？」

俺が訊くと、彼は肩を竦《すく》めた。

「今、怪談はするなよ」

「しねぇよ」

幽霊が相手とは思っていないからな、と心の中で続けた。

「多いのか？」

「一日一回くらいだ」

俺は時計を見た。

午後一時少し前。

サラリーマンが昼休みにメシを食い終わったぐらいの時間か。

「いつもこの時間にかけてくるのか？」

「夕方の時もある」

仕事終わりか…。

「そんなに考えることはない。こういうことは初めてでもないしな。『女を出せ』とか脅されたりもする。こんな街で商売してれば当たり前だろう？」

「まあな」

「赤目だって、こういうトラブルはあるんじゃないのか？」

彼が話題を変えようとしているのがわかったので、俺はそれに乗ってやった。

「あるぜ。金属バットで襲われたこともある」

「金属バット？」

「金目の物を運んでると思ったんだろうな」

「それで？」

「ガキだったから返り討ちだ。俺は強いんだぜ」

肉体的な攻撃より、精神的な攻撃の方が地味に効いてくる。

ずっと無言電話を受け続けていたのなら、結構キてるだろう。だがそれを俺に打ち明けないのなら、まだ手を出すべきではない。

彼は女じゃない。

闇雲に助けの手を出すことは歓迎されないかも知れない。

だから、笑った。

「何だったら、今度バッティングセンターでバットの使い方を教えてやろうか？　夜のバットは使えてるみたいだが」

「下世話だ」

怒った口調だが、緊張は解けたようだ。

「気分直しにお茶でも淹れるよ。赤目の大好きな甘い物があるから」

立ち上がった祠堂が俺の後ろを通ってキッチンに向かう途中、ひょいっと顔を覗き込むようにして俺の額にキスをした。

「お」

だが箸を持っていた俺は、彼を捕らえることができず、逃してしまう。

「今言っただろ、その気にさせるなって」

「額にキスしたぐらいで揺らぐ理性なら出入り禁止だぞ。お前の危険地帯を試さないとな」

「…額ぐらいは大丈夫だ」

軽く笑う声がパーテーションの向こうから聞こえる。

だが、俺にはわかっていた。

彼が自分にキスしたのは、電話のことをごまかすためだと。

わかっているのかも知れない、相手が誰なのか。だから、探られたくないのだろう。

「祠堂、今度デートしないか？　バイクでタンデムもいいぞ」

「お断りだ。バイクなんか乗ったこともない」

だから、俺もそのことは無視した。

まだ、何かもかも知りたいと思うほど惚れこんでいたわけではなかったから。

まだ…。


今日の仕事はイカのお届けだった。

海鮮が売りの飲み屋でイカが品切れになり、友人の店舗から買い受けたのでそれを引き取りに行ってくれというものだ。

何でも運ぶが、イカか…。

わざわざ調布《ちょうふ》まで行って、イカをバイクの荷台にくくりつけ、まっすぐに戻る。

イカの臭いがバイクに染み付かないといいな、と思いながら届けると、労いだと店主が冷たいお茶を出してくれた。

お茶より一服つけたいと灰皿を要求し、タバコを咥えると、店主は窺うように訊いてきた。

「堀尾《ほりお》さんの葬式、出たって？」

堀尾、というのはここいらの土地を持ってる地主のジジイだ。

店主が知りたがるのも無理はない。

何せ、この店の入ってるビルも、そのジジイの持ち物なのだから。

「ああ、以前ちょっと世話になったからな」

「どうだった？」

「どうって、九十で大往生だ」

「そうじゃないよ、遺産相続の話さ。ぶっちゃけて言うと、このビルを売るって話は出てたかい？」

「葬式、行かなかったのか？」

「行ったけど、話なんかできる相手じゃないからね。赤目くんは、親しかったんだろう？」

店主は俺が運んできたイカを水槽に移した。

生きてたのか…。

「親しいって言うか、若い頃にジジイのとこのビルの駐車場にたむろってたら、放火を見つけて捕まえただけさ。それで感謝されて、色々仕事ももらってたんだ」

「へえ、そうなんだ。で？　何か言ってなかったかい？」

俺は葬儀の時のことを思い出した。

ちゃんとした付き合いがあったわけじゃないから、葬儀が始まる前に行って、顔だけ覗いてきたのだ。

ずっと、厳《いか》ついと思っていたジジイの顔が、葬儀屋の手でそれなりの好々爺《こうこうや》に作られていて、妙な気分だった。

息子とも面識があるので、多少の話はした。

「ビルを売る話は出なかったなぁ」

「本当に？」

「ああ。相続税は株売って払うみたいなことは言ってたが」

俺は堀尾の息子とは利害関係がない。

だから、本当はもう少し込み入った話もしたが、それは外部に漏らすべきことではないだろう。

「堀尾のオッサンがここを売るって言ったら、売らない方がいいと釘《くぎ》を刺すぐらいはしてやるよ」

「そうかい。頼むよ」

俺にそんな影響力があるわけはないのだが、気休めにはなったのだろう。

タバコを吸い終えたところで着信が鳴ったので携帯電話を見ると、新しいメールが届いていた。

仕事だ。

「じゃ、今度来た時にはイカ食わせくれよ？」

「ああ。また後輩連れて飲みにおいで」

席を立ち、ヘルメットを被って外へ出る。

街は丁度綺麗な夕暮れに染まっていた。

今度の仕事は表通りのデパートだ。

俺はバイクに跨がると、すぐに走りだした。

堀尾のオッサン、つまり息子の方は、亡くなったジジイほど豪快な人物ではなく、色々と思い悩んでいた。

この街には利権に群がるアリが多い。

真壁のじいさんもそうだが、街がこんなに繁栄する前からここで生活をしていた年寄り達は、ここでの生き方を心得ている。

だが、その次の世代は、未だ悩みの中だ。

はっきり言えば、ヤクザみたいなものが寄って来た時、ジジイ共は一喝して追い払えるが、オッサン達は狼狽《ろうばい》するってことだ。

堀尾のオッサンは、相続税や、持ってるビルの管理なんかを俺にどうしたらいいだろうかと訊いてきた。

俺に力があるからじゃない。さっき言ったように、俺が利害関係のない人間だからだ。堀尾のオッサンがどんなに金持ちでも、俺には関係がないし、他人の金をアテにもしない。それがわかっているから、突っ込んだ話もできるのだ。

堀尾のオッサンは、今駐車場にしているところにマンションを建てたいと言っていた。ここで土地を遊ばせるのはもったいない、と。

そこを大きな不動産業者に任せるべきだろうか？　と訊いてきたのだ。

普通の街なら、そうするべきだろう。

だがここではそれは最善とは言えない、と俺は答えた。

何故なら、『後ろ盾』がないものは、悪いアリにたかられるからだ。

金銭的な後ろ盾ではない、マンションを建てて、そこにヤクザやそれに類する連中が出入りしてきた時、そいつ等《ら》を追い出すことができる後ろ盾、だ。

だから俺は真壁不動産を推した。

祠堂に恩を売るつもりはない。彼には話してもいない。

だが古狸《ふるだぬき》の真壁のじいさんを一枚咬《か》ませておく方が無難なんじゃないか、と。

地元に顔も利けば、役所や警察にも顔見知りがいっぱいいる。販売は大きい会社に任せればいいが、賃貸にするなら真壁を窓口に入れた方がいいと。

堀尾のオッサンは納得したようだったが、実際それをするかどうかまではわからない。

バイクのハンドルを切って、デパートの裏手に入る。

「赤目だ。荷物の受け取りに来たぜ」

そこにはいつもの配送担当が発泡スチロールの箱を持って待っていた。

発泡スチロールの箱…。

「ああ、待ってたよ。これを石坂亭《いしざかてい》さんまで運んでくれ」

「中身は？」

「タコだ」

「…今度はタコかよ」

今日は戻ったらバイクを洗った方がいいかもしれない。

「じゃ、お預かりシマス」

これが仕事だから、俺はおとなしく箱を受け取った。世の中に、楽な仕事はなかりけりってヤツだと諦めて。


その日は、早朝から電話で叩き起こされた。

「すまんが、急いで来てくれんかのう」

顧客の一人である黒田《くろだ》のじいさんからの呼び出しだ。

ジジイは朝が早すぎる、と文句を言いたいが、黒田のじいさんは金払いがいいので、文句を呑み込み、仕方なく出掛けた。

繁華街を突き抜けた先にあるお屋敷に到着すると、置物みたいに干からびたじいさんが玄関先にちょこんと座って待っていた。

「おう、来たか」

眼光だけは鋭いこのじいさんは大物フィクサーというやつで、得体の知れない年寄りだ。

「今日は何だ？」

「将棋の相手をしてくれ。その後で、荷物を頼む」

「俺はヘボ将棋だぜ？」

「知っとるわ。だが差してつまらんほどヘタじゃない」

「へいへい。じゃ、茶でも出してくれよ」

俺は靴を脱ぐと、そのまま奥へ向かった。都心のこんなところに、よくこんなデカイ屋敷が建ってるもんだと、いつも感心する。

すぐ近くにあるビル群が見えないように配置された植木、年期の入った黒光りする板張りの廊下、破ったら相当な額を請求されそうな襖《ふすま》。

黒田のじいさんからの依頼は二つに分かれる。

一つは、こうして将棋の相手をさせられることだ。

じいさんは将棋が好きみたいだが、凄く上手いわけではないらしい。俺はガキの頃に少し齧《かじ》った程度だが、まあまあ筋がよく、メチャメチャヘタではない。

だから、強いヤツとやって負けたり、何かくさくさすることがあると、勝ってスカッとするために俺を呼び出すのだ。

そしてもう一つは、表に出せない金の受け渡しだ。

フィクサーというのは、簡単に言えば仲介屋のこと。

このじいさんは、表や裏の人間達のもめごとの間に入って上手いことそいつを治めるのを生業にしていた。

何と、この置物みたいなナリで、未だ現役だ。

仲介と言っても、横町のご隠居さんが話を聞くのとはわけが違う。

人や金を合法非合法で動かし、そのことで依頼人の弱みを握り、またそれを利用する。

なので政界やら、経済界やら、果ては警察、法曹界、マスコミにまで影響力があった。

「どうだ、赤目。身綺麗にしとるか?」

天童《てんどう》で作られた最高級品だという将棋の駒《こま》を並べながら、じいさんが訊いた。

会えば必ず訊かれる質問だ。

「新品みたいに真っ新だぜ」

「警察に目をつけられたりせんだろうな？」

「今は真面目なもんだ」

「わかっとるだろうが、警察のやっかいになったら、ワシとお前の付き合いもそれまでだぞ」

「別にジジイと縁が切れたってかまわねぇが、俺は真面目な一般人だぜ」

「それがいい」

じいさんと知り合ったのは、偶然だった。

と、俺は思っていた。

近所の料亭から、ここに届ける仕出し弁当が一つ足りなかったので、至急届けてくれという依頼を受けたのだ。

それでここへ弁当を届けたら、突然じいさんに『将棋はできるか？』と訊かれたのだ。

その時は暇だったし、単なるジジイだと思ったから、敬老精神で相手をしてやったのが始まりだ。

だがどうやらじいさんの方は俺を調べ尽くしていたらしい。

しがらみのない、どこの組織にも属していない人間。金にも地位にも執着がなく、ガキの頃にヤンチャはしたが、警察にマークされることもない人間。

じいさんが使うには格好の駒だったわけだ。

そこで俺を呼び寄せ、直接本人を見て、実際使うことに決めたらしい。

「で？　今日はどこへ何を届けるんだ？」

将棋を差しながら問いかけると、じいさんは分厚い封筒をスッと差し出した。多分中身は現金だろう。この厚さなら五百万ぐらいか？

「松村《まつむら》にこれを届けてくれ」

よく配達を頼まれる政治家の名前だ。

「受け取りは？」

「いらん。こいつは取り敢えずだと言っておけ。また欲しければ自分で受け渡しのいい方法を考えろ、ともな」

「俺を使わないのか？」

俺が金で桂馬《けいま》を取ると、じいさんは飛車でその金をとった。

…憎らしいジジイだ。

「頭を使わせんとバカになる。お前は便利だが、便利なものは使い過ぎると摩耗する。赤目は時々使うから利用価値があるんじゃ」

「そんなもんかね」

「そんなもんじゃ。お前も、安穏としてるとサビるぞ」

「適度に楽しんでるさ」

「ふふん、まあいい。お前なら上手く立ち回るだろう。もしまずいことになったら、一、二回ぐらいなら助けてやるぞ」

「高くつきそうだな」

俺は長考に入り、出されていた菓子を口に放り込んだ。

餅《もち》菓子かと思った丸いものは、噛むと口の中で弾《はじ》けるように果汁が溢《あふ》れた。この味は葡萄《ぶどう》か？　しかも生か。

「こいつは美味いな」

「もらいものじゃ、気に入ったんなら持ってっていいぞ」

「高いんだろ？」

「さほどでもない。それに、ワシゃ、最近甘い物をとりすぎるなと医者に言われとる」

「食べられないのに手の届くところにあると目の毒か、じゃ、ありがたくもらうぜ」

これしかないと思って角を滑らせる。

「いいとも、気分がいい。箱ごと持っていけ」

だがと金で王手を取られた。

対抗策はない。

俺が取った駒を盤上にばら蒔《ま》くと、じいさんはにやりと笑った。

「クソッ、負けた」

「お前は真剣に勝負して負けてくれるから好きじゃ」

「負けてやってるわけじゃねぇよ」

「だからいいんだろう。他人の悔しそうな顔を見るとスッとする」

「悪趣味め」

俺が立ち上がると、じいさんも立ち上がった。

ご機嫌ついでに見送ってくれるつもりなのかと思ったら、途中で家政婦に言い付けて菓子の箱を持ってこさせるためだったらしい。

別に将棋にハマッてるわけじゃないが、勝負ごとに負けたことは悔しかったので、遠慮なくその箱を受け取ると屋敷を出た。

黒田のじいさんは、俺に何も話さない。

俺が自分で察するだけだ。

だがこの方がいいのだろう。知り過ぎるといいことにならない気がするから。

バイクの後ろのボックスに菓子の箱を入れ、バイクのエンジンをかける。

「松村はカステラだったな」

届け先には、ちゃんとした宅配屋として来訪するので、デコイのお届け物を調達する。

何でもいいのだが、取り敢えず相手の好きな物を選ぶのは、へんな勘ぐりを遠ざけるためだ。届け先の好物を手にしていれば、お取り寄せと思ってくれるだろうから。

「帰りに、祠堂のところにでも寄るか」

ボックスにしまった菓子は一人で食うにはちょっと量が多い。

珍しい菓子だったし、持って行けばあいつも喜ぶだろう。

その後で、飲みに誘ってもいい。

もう少し、あと少し親しい関係になって、もっと色っぽい関係を結びたい。だから、アプローチは続けよう。

たとえ、望みが薄くても、今はこのアプローチが楽しいと思えるから。


松村の私邸に向かい、お届け物を渡して伝言を伝えると、相手は少し難しい顔をしたが、俺に何かを言うこともなく黙ってカステラと封筒を受け取った。

「…安全な方法なんて何があるんだ」

とぶつぶつ言っていたが、それは俺に向けての言葉ではないので、無視しておいた。

バイクを走らせている途中に入ってきた仕事を一つ受けて、終わらせて、それから祠堂のところへ向かう。

お茶は事務所にあるから、手土産は菓子だけでいいだろう。

この菓子なら、いい方のお茶を出してくれるはずだ。

時刻は午後二時。

昼飯を食い終えてのんびりしてる頃だろうから、タイミングは悪くない。

ビルの前にバイクを止め、菓子の箱を取りだし、狭い階段を上る。

だが、上り切ったところで俺はガッカリした。

扉のところに『CLOSE』の札が下がっている。

今日は定休日ではないから、客でも案内しているのだろう。せっかく来たのに。

まあこういうこともあるか、と背を向けて階段をおりかけた時、何か違和感を覚えた。

違和感?

いや、明確な違いだ。

俺は今まで一度でもあの扉に『CLOSE』の札なんぞがかかってるのを見たか?

客を案内して出ている時、祠堂が出すのは『外出中』の札だ。それは真壁のじいさんの頃から変わらない。

俺は足音を消して、そっと扉に近づいた。

札はまだ新しい。ただ単に買い替えただけかもしれない。

けれど何かが俺の足を引き留める。

その時、部屋の中でガシャっ、と何かが落ちるような音がした。

いる。

誰かが中にいる。

一秒で、俺は考え、答えを出し、ノブに手を掛けた。

カギがかかってる。

「クソッ」

俺はポケットの中に手を突っ込み、クリップを見つけるとそれを引き伸ばして鍵穴へ突っ込んだ。

真壁のじいさんの防犯意識の低さに感謝だ。

もしディンプルキーなんぞを使われてたら、難しかったが、昔ながらのこのカギならば、何とかなる。

上の突起を探しあて、持ち上げてから小ぶりのキーを無理に差し込んで回す。

カチッと音がしてカギが外れた。

「そこを動くな！」

たとえ間抜けな結果になろうともかまわないと、ドアを開ける。

だが、開けてよかった。

「な…、何だお前は…」

床に落ちたペン立て。さっきの音はこいつだろう。

うつ伏せに床に押し倒され、スーツを脱がされかけてる祠堂。

そしてその祠堂の上に馬乗りになっている国分。

「カギを…」

距離は、一歩で詰めた。

スーツ姿の国分の襟を摑《つか》んで引き剝《は》がす。

「怪我は？」

と祠堂に問いかけながら、バカな侵入者を床へそのまま投げ飛ばした。

「…赤目」

「怪我してんのか」

慌てて起き上がろうとする国分の頭を鷲摑《わしづか》み、床へ叩きつける。

ギャ、という声とゴンという音がしたが、かける情けはなかった。

「ない。ないが…」

「結構」

脳震盪《のうしんとう》を起こしたのか、悪事を暴かれて茫然《ぼうぜん》自失に陥ったのか、動かなくなった国分の首からネクタイを抜き取り、それで後ろ手に縛り上げる。

最後の仕上げに、俯《うつぶ》せになった国分の上にどっかりと腰を下ろした。

「随分大胆なことするヤツだったな」

ふらふらと立ち上がった祠堂の姿を見て、俺は国分の目的を知った。

ネクタイが歪み、ワイシャツのボタンが飛んだのかシャツが開いている。慌てて直したが、ベルトも外す途中だったようだ。

「警察に電話しろ」

「…え？」

「住居不法侵入、立派な罪だ。ついでに、暴行罪もだな」

「だが…」

「お前ができないなら、俺がする」

返事を待たず、俺は所轄の馴染《なじ》みのデカに直接電話した。

「もしもし、鳥羽《とば》さん？　赤目だ。イヤ、ヤボ用じゃねぇよ、仕事だ」

祠堂は電話を止めるべきかどうか迷っているかのように困った顔をしながらこちらを見ていたが、眼鏡が飛んでいることにやっと気づいて、床を探した。

「ああ。真壁不動産に侵入者だ。もう捕まえてある。サイレン鳴らさずに来てくれ」

「止せ…」

やっと意識が戻ったか、自分の末路に想像がついたか、国分が呻《うめ》いた。

「やめろ…！」

「ああ。待ってる。じゃ、頼んだぜ」

俺は電話を切ると、ケツの下で蠢く国分を無視して身支度を整えた祠堂を見上げた。胸の辺りのワイシャツがぽっかりと口を開いて胸を見せたままなのをみると、やはりボタンは飛んだらしい。

「こいつを警察に引き渡す前に、この男のためじゃなく、お前のために訊いといてやる」

「…何を？」

それが気になるのか、祠堂はワイシャツの開いた部分を手でぎゅっと握った。

「こいつは物取りの侵入か、それとも強姦《ごうかん》目的か」

ケツの下が動いたが、俺は祠堂から目を離さなかった。

俺の言葉に一瞬ハッとしたが、視線を落とし、ため息をつく。

「…物取りだ」

「そうか。じゃ、警察の相手は俺がしてやるから、奥の部屋で休んでろ」

「だが…」

「いい。知り合いのオッサンだ。上手く説明できないことは口を噤《つぐ》んでる方がいい。俺なら上手くやれる」

「お前ならそうだろうな…」

祠堂はやっと小さく笑った。

「わかった。じゃあ、ショックで横になってるとでも言ってくれ。…すまない」

最後に向けられた謝罪も、俺へのものだった。

祠堂は、国分には目を向けぬまま、奥の部屋に逃げるように駆け込んだ。

「さて…、聞いてたな、エリートさんよ」

俺は敷いている国分に声をかけた。

「あんたが祠堂に惚れて、煮詰まってこんなことをしでかしたのは想像できる」

「違う！　俺は…、俺はゲイじゃない！」

「あいつの服を脱がしておいて、か？　まあいい。じゃ、そういうことにしといてやる。取り敢えず、お前が同性愛者で、元同僚が忘れられなくて、わざわざ今の勤め先を捜しだし、恐らくは何日も付け回して、あいつが一人になる時間帯を調べ、ドアの外にかける札まで買って、祠堂を強姦しようとしたんじゃないなら、これから来る警察の人間にこう言え。金が足りなくて、知り合いの店なら何とかなるかと盗みに入りましたが、見つかって捕まりましたってな」

「そんなこと…！」

「もしそう言ったら、盗まれたものはなくて未遂に終わったから、示談で済むようにしてやる」

示談、という言葉に、国分の動きが止まる。

「エリートなんだろ？　失いたくない将来があるんだろ？」

「う…。うぅ…」

国分は身体を震わせて泣き出した。

俺はもう逃げないだろうと踏んで、彼の上からどくと、デスクの上のティッシュを取って泣き顔に押し付けてやった。

「…大山のせいだ…。あいつが悪いんだ…」

「大山？」

その名には聞き覚えがあった。

だが、ここで出てくるべき名前じゃない。

「何故《なぜ》大山なんだ」

「俺はゲイじゃない。男なんて好きじゃないんだ…」

混乱してるな。

訊いてもまともな会話は無理か。

「わかった、わかった。ちょっと祠堂が小綺麗な顔をしてるから、女みたいだと思ったんだな？」

それには無理があるが、この男には逃げ道を作ってやった方がいい。

気の迷いだった、と答えが出れば、忘れられる程度の恋の病だろう。

「お前はゲイじゃない。ただ日頃のストレスが溜《た》まってただけだ。ほら、もう泣くな。いい大人が」

腕を取って身体を起こさせ、壁に立て掛ける。

「ここから逃げても、腕を縛られたままじゃ、他の人間に警察に通報されるだけだから、おとなしくしてろよ」

「あんた…、祠堂の新しい恋人か…？」

泣き腫《は》らした虚《うつ》ろな目がこちらを見る。

「いいや。単なる友人だ」

「だが毎日のようにここに来てたじゃないか」

やっぱりストーカーだったか。

「メシ食いに来てただけだよ。それと仕事だ。おっと」

メシで思い出し、俺は廊下に放り投げた菓子の箱を取りに出た。

「割れものじゃなくてよかった」

床からそいつを拾い上げた時、階段を上ってくる足音が聞こえた。

「赤目」

皺の刻まれた焼けた顔のオッサンが、制服の警官を連れて姿を現す。鳥羽刑事だ。

「俺は窃盗の担当じゃねぇんだぞ」

「事情があるから話がつく人間のがよかったんだよ。まあ入れよ」

俺が鳥羽刑事と一緒に事務所へ戻ると、制服警官を見てまた国分は泣き出した。

「…そのサラリーマンが侵入犯？」

泣きじゃくる身なりのいいサラリーマンを見て、鳥羽は怪訝そうな顔をした。

まあ確かに、俺がカツアゲした被害者が泣いてるって方が国分には似合ってるだろう。

「お前一人か？　真壁の息子は？」

「え？　祠堂って真壁のじいさんの息子なのか？」

「いや、知らん。でもそんな歳だろう」

驚いた。

遺伝子を全く感じさせない顔の違いなのに、親子とかあるわけないだろう。

「奥で休ませてる。ショックで」

「そんなやわなヤツなのか？」

「そうじゃなくて、この犯人が元同僚らしいんだ。どうやら顔見知りのとこだからって狙ってきたらしくて。で、祠堂と出くわしたところに俺が来てこうなったわけさ」

「ふん…」

納得しかねるという顔で鳥羽は俺を見たが、他に理由を見つけることもできないようだった。

「祠堂は友人だってこともあった、表沙汰にしなくていいと言ってる。俺のおかげで未遂で済んでるし、ここは家宅侵入だけってことで示談に済ませて欲しい」

「それだったら、警察を呼ばなくてもいいだろう」

「お灸《きゅう》は据えておかなきゃ。安易な考えで動くなって釘は刺さないとな」

「鼻水垂らして泣きじゃくってるんだ。もうバカな真似《まね》はしないだろう」

「悪いな、手柄にならなくて。そのうち大きいのを見つけたら、一番に連絡するよ」

「犯人がお前でなけりゃいいがな」

「人聞きの悪い」

国分は警官に手を縛っていたネクタイを解いてもらい、腰縄《こしなわ》を付けられ、立たされた。

「もう二度とこの辺りに来ない方がいいぜ。あんた、まともな生活のできる人間だから」

俺の優しい言葉も届いていないようで、項垂《うなだ》れたまま引き立てられて行った。

やれやれだ。

エリート意識の高い人間は、プッツンしやすいのかね。そして、打たれ弱くもあるんだろう。

「祠堂は？　詳しい話を聞きたいんだが」

「示談になるだろうから、国分…、今のヤツだが、あいつの弁護士が出てくることになるだろう。その時に話すさ。立件できないんなら調書を作っても仕方ないだろ？　ああ、お駄賃やるよ」

「お駄賃？」

「御足労願った礼さ」

俺は黒田のじいさんから貰った菓子の箱から二つ菓子を取り出すと、それを鳥羽に渡した。

「このくらいじゃワイロにならないだろ。すげえ美味いぜ」

「甘いもんか」

大して嬉しそうな顔はしなかったが、鳥羽はそれをポケットにしまった。

「ここのところ、ブルースターがごちゃごちゃ動いてるみたいだから、お前は絡むなよ。連中とことを構えたら、遊びじゃ済まないぞ」

「俺はヤクザは嫌いだよ」

「その言葉を信じとこう」

鳥羽はちらりと奥に続く部屋の扉を見て、俺の襟元を摑んで引き寄せた。

「傷害になってるんなら、示談にできないぞ？」

「やだな。血の一滴も流れてないだろ。精神的ショックだけだ」

鳥羽はフン、と鼻を鳴らすとそのまま出て行った。

刑事は鼻がいい。

俺の言った言葉が全てではないとわかっているのだろう。

だが、国分も落ち着けば保身を考える。弁護士を呼ぶことになれば、自分がただの住居侵入で終わるか、男を強姦にきたストーカーになるか、選ぶ必要もなく答えを出すはずだ。

国分から事実が語られなければ、これで終わりだ。

窓からパトカーが走り去るのを確認すると、俺は奥の部屋をノックした。

「祠堂。警察は帰ったぞ」

開けて踏み込むか、出てくるまで待つか。

考えてる間にドアが開いた。

「すまなかったな…。任せて」

「俺は慣れてるから大丈夫さ」

「警察に？　もめごとに？」

「両方だ」

ボタンが取れてしまったので、祠堂はネクタイを取って襟を開ける格好になっていた。

「替えのシャツはないのか？」

「ここで寝泊まりしているわけじゃない」

「俺のところへ来るか？　美味い菓子をもらったんで、一緒に食おうと思ってたんだ」

箱を見せて訊くと、彼は少し間を置いてから頷いた。

「そうだな。さすがに今日は疲れた。お言葉に甘えるよ」

祠堂は力無く微笑んだ。

その姿が、彼の疲労と精神的なショックを表していた。

可哀想だと思った。心から。なのに、落ち込んだ彼の寂しげな微笑みは俺に色気を感じさせた。風情がある、と…。


扉に掛かっていた『ＣＬＯＳＥ』の札は、なるべく触れないようにしてビニールの袋に入れて取っておいた。国分の行動の計画性を立証する大切な証拠なので。

このまま何事も問題なく終わるだろうが、万が一ということがある。保険はかけておくに越したことはないだろう。

祠堂は札を見て、用意周到だと言った。

そして俺に、よく気が付いたなとも。

「赤目は大雑把な人間かと思っていたが、意外に注意深いんだ」

と。

午後の街を、人影の少ない道を選んで俺のマンションへ向かう。

もう彼が訪れることはないだろうと思っていたが、こんな形で招くことになろうとは。

「シャワー浴びて来いよ」

「別にいい」

「気持ちがさっぱりするぜ。ワイシャツの替えも出してやる。少し大きくても、家に帰るまでの間ぐらいなら俺のでいいだろ」

「…すまない」

「気にするな。その間にお茶を淹れとく。まだ時間が早いから、酒じゃない方がいいだろう」

「ああ」

いつもの勢いはなく、祠堂は俺に言われるままバスルームに消えた。

ショック…、だったんだろうな。

俺はパソコンで見た写真を思い出した。

とても仲がいいというわけじゃなかったのだろうが、一時でも同僚として笑い合った人間に力で襲われるというのは嫌な気持ちだろう。

「大山、か…」

にしても、国分の言葉が気になった。

どうしてあいつが祠堂を襲った理由が『大山のせい』なのか。

大山というのは、国分がたたき出した上司の名前だったはずだ。その男にはどんな役割があったのか…。

湯を沸かし、もらいものの日本茶を淹れる。

何時もらったのかも忘れたが、封を切っていなかった茶葉はまだちゃんと香りが残っていた。

準備をして待っていると、祠堂はすぐに出てきた。

「目の毒だ」

ボタンの取れたワイシャツを羽織っただけで。下着はつけてるようだが、ズボンも履いていない。

「俺のワイシャツじゃ、着る気にならないのか？」

「男同士なんだからいいだろう」

きっちり上げていた前髪も、洗ったわけではないのだろうが、少し湿ってこめかみの辺りにほつれて張り付いているのが色っぽい。

「以前言っただろ。服を脱ぎ始めたら、辛抱できなくなるかもしれないって。襲うぞ」

「いいぞ」

聞き間違いかと思った。

だが祠堂は表情を変えずに続けた。

「今回は助けてもらった礼だ。インサート無しなら寝てもいい」

「…自暴自棄になってるってわけじゃなさそうだな」

「なってないよ」

「どういう心境の変化だ？」

「別に。赤目はいい男だとは思ってる。色々と世話になった礼がしたい。俺の身体ならお前は喜ぶだろう、だから一度ぐらいなら相手をしてもいいと思っただけだ。ただし、入れるのはナシだ。そこだけは譲らない」

「…セックスをお礼にするなんて、とは言わないぞ。俺はお前を抱きたいと思ってたんだぜ、据え膳はいくらだって食う」

「どうぞ」

怯えた様子、自棄《やけ》になった様子もない。

いつも通り落ち着いた祠堂だ。

だが、ではいただきますとは言い難い。

「…まあ、まず菓子を食おうや。せっかく俺が茶を淹れたんだから」

「抱かないなら、下を履いてくる」

「誰もしないとは言ってない。する。だが俺はこの菓子をお前に食べさせたくてわざわざ事務所に行ったんだ。とにかく食え」

「…わかった」

菓子は箱のままテーブルに載せた。

その中から紙包みを一つ取り上げる。

細く長い指が、緑がかった白い餅菓子を取り出しピンポン玉ほどのそれを口に含む。

「一気に丸ごと食えよ」

「…ん」

言われた通り口に含んだ彼が嚙んだ途端に珍妙な顔になる。

「…あんこじゃない。葡萄？」

「な？　美味いだろ？」

「果汁が…」

中から汁が出ることを予想していなかったのだろう。彼は慌てて溢れた果汁をすすった。その音が、妙に淫靡《いんび》だ。

「マスカットの求肥《ぎゅうひ》包みか。確かに美味しいな」

同意を得て満足し、俺も口に含む。

ジジイの前で食ったときより、美味く感じるのは気分の問題だろう。

「扉の向こうで聞いてたか？　国分のこと」

「…ああ」

茶をすすりながら、ポツポツとしなければならない会話をする。

「じゃ、もし警察が何か言ってきたら口裏合わせとけよ」

「咄嗟《とっさ》だったので覚えてませんと言うさ。国分の泣き声も聞こえていた。あの様子じゃ、もう二度と来ないだろう」

受け答えも冷静だ。

これなら大丈夫そうだな。

「あいつ、やっぱりお前のことが好きだったんだな。俺の言った通りじゃねぇか。お前は美人だから男にモテる…」

「どうかな」

俺の言葉に被せ、祠堂は笑った。

皮肉っぽく。

「そりゃ本人は否定してたが、あそこまで用意周到に襲いに来たんだ。惚れてたんだろ？」

「国分の言葉を聞いただろう。『大山が悪い』って」

「ん？　ああ。大山ってのは誰なんだ？」

知っているのに、調べたことを言えないから素知らぬ振りで問いかける。

「大山課長と言って、俺がいた頃の上司だ」

頭の中に、スカーフを巻いたスカした男の顔が浮かぶ。

「ふぅん。で、どうして上司のせいなんだ？」

祠堂はまた菓子を取り、口の中へ放り込んだ。どうやら気に入ったらしい。

口の中の菓子が無くなるまで間を置いて、彼は言った。

「俺が課長に抱かれてるところを見たから、その気になったと言いたかったんだろう」

そのセリフを聞いた途端、ピリッ、と指先が痺《しび》れる。

「…突っ込みどころ満載のセリフだな」

嫉妬《しっと》だ。

「何が？」

こいつを抱いた男がいる、ということに対しての。

「お前、タチなんだろう？　その課長が恋人で、そいつだけは別だったのか？　見られたって、あの男の前で抱かれたのか？」

祠堂は厭味たっぷりな顔で、口元を歪めた。

「恋人なんかじゃない」

吐き捨てるような物言い。

「じゃ…」

「強姦されたんだ」

「…え？」

「俺がゲイだと知って、それをネタに脅しをかけてきた。本人もそっちの人間だったから」

「…詳しく知りたいと言ったらダメか？」

祠堂は少し目を細めたが、肩を竦めてから頷いた。

「今日はいいだろう。お前の質問に三つだけ答えてやろう。助けてくれたお礼の一環として。私はゲイだが、それは会社には隠してた。だが、大山課長に知られたんだ」

うさん臭そうなあの男に微かな怒りが湧《わ》く。まだ話の本筋に入っていないのに。もう結果が見えているからだろう。

「会社で脅されて、しつこく迫られて、無視してたら、ある日一服盛られた」

「催淫剤？　覚醒《かくせい》剤とか？」

「まさか。そんな危険なものじゃない。普通のサラリーマンだ、そんなものを入手できるはずがない。睡眠導入剤だろうな。それも市販薬の。残業の時に差し入れのコーヒーを渡されて、飲んだら暫くして目眩《めまい》がし、具合が悪くなったが、疲れて眠くなったのだろうと思って帰りたいと言うと、資料室で暫く休むといいと言われて…」

「資料室ってのは人が来ないところなんだ」

「普段はね。しかも残業中だったし。それで、身体が上手く動かないところを姦《や》られた」

口元が、自然に曲がってゆく。

祠堂は淡々と話しているが、俺としては許せなかった。

強姦自体も許しがたいが、さらに薬まで使うとは。

「それでも、会社には残りたかったから黙っていた。会社は嫌いじゃなかった。でも、今から思うと多分国分だったんだろうが、それを他の人に見られて、社内メールで回されたんだ。写真付きで」

「見てたんなら強姦だってわかっただろう」

「どうかな。大の男が抵抗もせずに犯られてるんだ。合意と思ったんじゃないか？」

「だが写真まで撮られたんだろ？」

「顔はハッキリ写ってないものだった。シルエット程度だ。特に課長の方は棚の陰になってシルエットもはっきりしなかった。証拠とはいえないからクビにはできない、でもメールには『情報課のSの密会』と書かれてたので私の方は想像することは容易《たやす》かった。社内の居心地は最悪。言い訳しようにも、自分から持ち出せる話題じゃない。それで辞めたんだ」

俺は菓子をやめ、タバコを咥えた。

甘いものを食べて幸福になる、なんて気分ではなくなった。

「課長の方は残ったのか？」

「私を突き上げる人間の先頭に立ってたよ。写真を見て、自分は大丈夫って思ったんだろうな。でも結局辞めたらしい。国分が仕事上のトラブルを問いただして、…顧客の名簿を名簿屋に売ってたらしい、それを暴いたと聞いてる」

「写真では顔はわからなくても、見てた人間なら顔もわかっただろうし、声だけでも知れただろう。国分は、それでお前が大山とデキてると思って、ガッツリ生本バン見て触発されたってわけだ」

「だろうな」

「あいつ、元々お前が好きだったんだろうな」

「考え過ぎだと言っただろう？」

「大山って課長を追い出したのは、腹いせだろう。恋愛だったかどうかは知らないが、好きは好きだったのさ。だから、お前が男に抱かれてるのも、お前を抱いた男にも、腹が立ったんだろう。それでその…」

「何？」

「心の傷ってやつは大丈夫なのか？　辛《つら》い目にあったんだろう？」

少し茶化しながら訊くと、彼は微笑《わら》った。

「赤目は、基本的に優しい人なんだな。殴られたことに腹は立てても、誰かが手を振り上げる度に逃げ出すようなことはない。ただ…、挿入《い》れられるのはいやだ。赤目の相手ができないのはそういうことだ」

殴られた云々《うんぬん》は比喩《ひゆ》だろう。

無理やり後ろをとられた記憶があるから、受け入れればそれを思い出すということか。

「わかった。お前が辛抱たまらなくなって『欲しい』と言うまで、我慢する」

「信じるよ。優しい男のようだから」

「男と寝ることは平気なのか？」

「それ、二つ目の質問とみなすぞ」

「ああ」

「…平気だ。性欲はあるから」

「わかった」

俺は吸っていたタバコを消した。

「じゃ、やろうぜ」

「この話を聞いても『やろう』というお前は嫌いじゃない」

傷口に触れぬように気をつけて、腫れ物に触るように扱われることが余計に自分には傷があると自覚することになる。

それがいやなのだろう。

だが俺は心でそうわかっていても、目の前の美味しい餌《えさ》を我慢できるほど躾のいい獣じゃなかった。

「俺もシャワーを使ってきた方がいいか？」

「昨日は風呂に入った？」

「ああ」

「じゃあいい。そこまで潔癖じゃないから」

「OK」

立ち上がり、シャツを脱ぎ捨てる。

祠堂の手を取ってベッドへ向かい、そこへ座らせる。

手を離すと、彼がワイシャツを脱ごうとしたので、「そいつは俺がする」と手を止めさせた。

「キスは？　OK？」

「…いいぞ」

ためらいがちに答えたがOKと言うなら気にしないことにしよう。

立ったまま彼の顎を取って上向かせ、眼鏡を外す。

テーブルの上に眼鏡を置いて、唇を寄せる。

「ん…」

祠堂の唇は、少し乾いていた。

緊張していたのかもしれない。色々なことがあったから。

それを湿らせるように舌で舐《な》めながら、口の中に侵入する。

熱く、濡れた口の中は、今食べた菓子のせいか、少し甘い味がした。

そのまま舌で彼を荒らしながら肩に手を置いて自分の膝《ひざ》をベッドに乗せる。

祠堂の手が、俺のパンツのファスナーを下ろした。

行為に慣れてると感じさせると共に、彼が自分を受け入れてると実感させてくれて悪くない。

下着に手をかけ、まだ勃起《ぼっき》していないモノを引き出す。

唇を離して見下ろすと、彼は「咥えようか？」と訊いた。

「サービス満点だな」

「挿入は拒否してるから、それぐらいは」

「それぐらい、と言えるなら咥えてくれ」

細い指が俺のイチモツを摑み、口元へ運ぶ。

彼が口を開いてそれを咥えようとするビジュアルに、身体が反応して硬くなり始める。

先を咥え、呑み込んだ口の中で彼の舌が俺の先を刺激した。

物理的な刺激も、俺を勃たせた。だがそれ以上に、普段すました顔をしている祠堂が俺のモノを舐めてるという生々しい姿にそそられる。

なるほど、確かに国分ではないが、この男を組み伏せたヤツには嫉妬を覚えるな。

国分は…、どこから見ていたのだろう。

あいつが言った『大山のせい』という言葉の意味は、俺がさっきこいつに語った、生本バンを見たからというだけではなかったのかもしれない。

祠堂が強引にやられる様を見ていたのかも。彼が『いやだ』と叫びながらされたところを。

そして嗜虐《しぎゃく》趣味が刺激され、力ずくで強引に押しても、こいつを抱けるのだと思ってしまったのかもしれない。

恋人同士の睦《むつ》み合いを見ても、俺もやれる、とは思わないだろうから。

強姦の模倣犯だったというわけか。

祠堂の綺麗な顔を崩して、泣き喚《わめ》かせたいという衝動は理解できる。

完璧《かんぺき》で綺麗なものほど崩してみたいと思うものだ。

だが俺はそれを暴力でするのは好まない。俺ならば、愛欲に溺《おぼ》れさせてって方を選びたいな。

「ヘタですまないな。されたことはあってもしたことはないから…」

考えごとをしていたせいで十分に硬くならないことを、自分のせいだと勘違いして彼が謝罪した。

「したことないって、初めてか？」

「二人目、だ」

「最初の男は？」

「それが三つ目の質問？」

「…いや、そう取るなら答えなくてもいい」

「最初は学生時代の先輩で、初めての人だった。何をしたらいいのかわからなかったので、向こうのいいなりだったら咥えさせられた。でも、自分がしたいと思っていたわけではないので、次からはしてない」

三つ目の質問にはしないと言ったのに答えてくれたということは、まだ質問は一つ残っているのだろう。

「妬けるな」

「もう随分昔のことだぞ？　相手の顔も忘れてるのに」

「それでも妬けるさ。男ってのはそういうもんだ」

　もう一度咥えようとした祠堂を手で制し、パンツと下着を脱ぎ捨て、全裸でベッドに上がる。

彼を仰向《あおむ》けに押し倒すと、今度は俺が彼のモノを咥える番だった。

舐めるのはしたいことではないと言ったのに、咥えてる間に感じてきたのか、相手が俺だからか、祠堂のモノは勃起していた。

下着を取り去り、ぽいとベッドの下へ投げ捨てる。

両手で竿《さお》を支え、すぐには口に含まず先だけを舐める。

「う…」

先端の鈴口の割れ目を舌でなぞってやると、いつもより一段高い呻く声が漏れる。

結構敏感なんだな。

同性愛嗜好というより、女がダメなのかもしれない。男と寝ても、初物食いっぽいようなことを言っていたし、奉仕をされたことがないのかもな。

だとしたら、楽しめそうだ。

今度はすっぽりと根元まで咥え、タマを弄《いじ》ってやる。

「あ…」

女ならば蟻《あり》の門渡りと呼ばれる会陰の部分を指でなぞり、軽く押す。

「…赤目…っ！」

ヒクッ、と彼がのけぞり痙攣《けいれん》した。

今のは抗議の声なのだろうが、俺は無視してそこを強く押した。

「……っ」

俺を挟んだまま、膝が閉じようとする。

だが大柄の俺を挟んで足を閉じるなど無理なことだ。

「赤目…、そこはやめろ…っ」

「イイだろ？」

「何か…、いやだ…」

「気持ちよすぎるか？　お前、あんまり本格的にシたことねぇんだな」

「…してる」

「触りあって突っ込んで、か？　男はペニス以外にも感じるところはいっぱいあるんだぜ」

すぐに射精されてこれで終わりと言われるのももったいないので、俺は身体を起こすと祠堂の顔を覗き込んだ。

…こいつは反則だ。

潤んだ瞳《ひとみ》、上気した頬《ほお》、恥じらって顔を隠すように置かれた軽く握った手。

可愛すぎて、咥えられた時よりも、股間《こかん》を直撃する。

「お前は慣れてるんだな…」

「ああ、まあな。妬けるか？」

まさか、と返ってくるかと思ったのに、祠堂は何も言わなかった。

それがまた可愛いと思ってしまう。

上半分のボタンが飛んで開いているワイシャツの中に手を滑り込ませ、胸に触れる。

乳首も下同様、硬くなっていた。

手応えのあるその突起に指を置き、先だけを強く押し込むようにグリグリと回す。

「う…っ」

「胸も感じるだろ？」

「…そんなのは知ってる」

「だがあまりされたことはない、か」

「…うるさいっ」

深みに、ハマりそうだ。

こいつが好きかも、と思う度にいつも『ハマる』という言葉が頭に浮かぶ。

ただ好きになるだけじゃなく、惚れたら抜け出せなくなりそうだという気にさせるからだろう。

俺はワイシャツの残りのボタンを外し、一気に前を開いた。

露《あらわ》になる平坦な胸に、紅《あか》い二つの乳輪。

彼の、変わる顔が見ていたかったので、押さえこまず、身体を起こしたまま両手でそれぞれの乳首を摘《つ》まむ。

優しくねじりながら見ていると、祠堂は目を閉じ、美しい眉《まゆ》をひそめた。

眉根に皺が寄り、顔を隠すように置いていた手を唇が噛み締める。

耐える姿は色っぽい。

その忍耐力を崩したくなるほどに。

「もて…遊ぶな…。一方的なのは嫌いだ…」

「前戯だよ。やるなら気持ちいい方がいいだろ？」

「まあ…」

「こういう攻め方もある」

俺は右手を彼の頸動脈《けいどうみゃく》に辺りに置き、そのまま上へなぞってゆくと、耳の穴に指を入れた。

「ひっ」

今までに一番顕著な反応。

「よせ…！」

入口の辺りで動かすと、面白《おもしろ》いように首筋に鳥肌が立った。

「赤目！」

パン、と手が払いのけられる。

「これは愛撫《あいぶ》じゃないだろう」

「愛撫さ。敏感になる」

「くすぐったいだけだ」

「くすぐったいのと気持ちいいのは同義語だぜ」

「違う。とにかく、これはやめろ」

「チェッ、じゃベーシックに行くか」

鳥肌の立った首筋を、今度は下へ向かって撫で下ろす。

顔が見えなくなるのは残念だと思いながら身体を倒し、乳首を口に含む。

舌先で嬲《なぶ》ってやると、俺を挟んだ足がピクッと震えた。

こんなに感じやすくてタチができるのかね。

左手で彼の右の胸を、唇で左の胸を愛撫しながら右手を股間に伸ばす。

もう俺に当たるほど硬くなった場所を握りこみ、ゆっくりと力を入れる。

「あ…」

祠堂の手が、俺の頭を抱えた。

「ん…」

髪に差し込まれる長い指。

それが彼の俺への愛撫であるかのように動いている。

俺は握っていた手を後ろへ這《は》わせてみた。

ヒクつく襞《ひだ》に触れると、彼がピクッと震える。

拒む言葉はなかったが、全身が緊張したのはわかった。

トラウマになったか。

突っ込みたい、と思う気持ちはあるが、今日のところは我慢だな。

「指だけでもだめか？」

ダメ元で訊くと、彼は手を止めた。

「…いやだ」

返事に間を置いたのは、少しは悩んでくれたのか、トラウマになってることを知られるのをためらったのか。

どちらにしても、強引に出るのはやめよう。

俺は手を再び性器に戻し、握りながら親指で先を擦《こす》った。

胸を吸い、身体を撫で、自分のものを擦りつける。

「あ…」

髪にあった手が下りて、俺の胸を探る。

だが胸を触ってくれるつもりだったわけではなく、その下を目指すつもりらしい。

「スマタでバックからってのは大丈夫か？」

「背後位はいやだ。…後ろから姦られたから」

「じゃ、一緒に、だ」

男にしては滑らかな肌、すぐに刺激に反応する身体。さっきからの彼の様子で、もう俺もギンギンに硬くなっていた。

「俺の、少し扱《しご》いてくれよ」

「…手が届かない」

「これでどうだ？」

身体をずらして顔を同じ位置になるまで上がる。

「…ずっと手をついたままじゃ疲れるな。挿入れるんじゃやねぇならこっちのがいいか」

彼に覆いかぶさるようにしていた身体を、並ぶように横たえる。

その時、一瞬だけ彼の顔にほっとしたような表情が過った。

…考えてやればよかったな。のしかかられるのも嫌だったろうに。

「国分にはどこまでされた？」

「…どこまでって」

「シャツのボタンが飛ぶほどのことだろ？」

言いながら、ボタンのなくなったワイシャツを摘まんで見せる。

「摑み掛かられただけだ。そのまま押し倒されて、揉《も》み合ってる時に赤目が…。お前、どうやって入ってきた？　国分は内鍵をかけてたはずなのに」

気づかれたか。

「そうか？　かかってなかったぜ」

「赤目」

「そんなことより、今はこっちに集中しろよ」

俺は彼のモノを握って俺のと一緒に握りこんだ。

生々しい肉の感覚。

自分と違う体温。

強く握ると、手が濡れた。

俺のじゃない。祠堂の先漏れだ。

「手、出せよ」

「…ん」

身を寄せて、キスして、重なったイチモツを握り合う。

どちらからともなく、指が動き始め、指が絡み合う。

太い肉塊と細い指。

彼の方が柔らかく感じるのは風呂上がりのせいか。

「…は…」

目の前で、祠堂は苦しそうに顔を歪めた。

脚を搦《から》めて、目を閉じる。

睫毛《まつげ》が、僅《わず》かに揺れていた。

性的快感とは別の、胸を締め付けるような感覚に捕らわれ、その睫毛にそっと口づける。

局部から手を離し、彼の胸を嬲る。

「あか…め…？」

「お前はシコッてろ」

「…何？」

「三つの質問に答えてくれるんだったよな？　さっきのは三つ目にカウントしないいんなら、今質問したら正直に答えてくれるか？」

「…こんな時に…」

息が上がって苦しいのか、ムッとしたのか、彼の口元が歪む。

「…何だ？」

「気持ちいいか？」

乳首を摘まんでねじってやると、搦んでいた脚がピクッと震えた。

「俺とシて、気持ちいいか？」

祠堂は俺に顔を寄せ…、肩にガブリと噛み付いた。

「痛ッ！」

「……気持ちいいよ」

そして、ぎゅっと二人のモノを握り、顎を反らせた。

「あ……」

しどけなく開いた赤い唇の中で、舌がゆるりと蠢き、彼がイッた。

噛み付かれたせいで一拍遅れ、俺も最後を自分の手で追い打ちをかけて彼にかける。

もう一度、舌を絡ませるキスをすると、祠堂は応えてこなかった。

嫌だったのではなく、もうその気力もないようだ。

「最中に『いいか』と訊くのはオッサン臭い…」

唇を離すと、祠堂はふいっと横を向いた。

そのせいで赤く染まった耳たぶが見える。

「俺はもうオッサンだよ。若くない」

「よく言う…」

「年齢というより、若い頃みたいな無茶ができなくなった時にそう思った。二十歳の時だ。それ以来、俺はオッサンなのさ」

「二十歳で中年を語るなんて、女性に言ったら叩かれるぞ」

「女は永遠に『女』だ。少女でもオバサンでもない」

「口の上手い」

息を整え、祠堂が起き上がる。

「もう一度風呂を借りるぞ」

「一緒に入ろうぜ」

祠堂は嫌そうな顔をした。

「俺もベタベタなんだぜ。このまま待ってろってか？　うちの風呂は広いし、いいだろ？」

「変なことをしないと約束するなら」

「する、する。次を期待するから怒らせねぇよ」

「次なんかない」

「絶対じゃねぇさ。また助けてやる時が来るかも知れないだろ？」

「そうそうこんなことがあってたまるか」

「その意見は賛成だ。じゃ、オバケ退治の時が…」

皆まで言わさず、祠堂の手が頭を叩いた。…よほど嫌いなんだな。

「わかったよ。そんなこともないだろうな。じゃ、恋が芽生えたらってことにしよう。恋愛は突然始まるものだから」

俺も身体を起こし、ティッシュボックスを取ると彼の前に差し出した。

お互いに自分の身体の始末をしてからベッドを降りる。

汚れを拭ったティッシュをゴミ箱へ放り込み、一緒に風呂へ向かう。

「もうお前とは寝なくて済むようにする」

祠堂はポツリと呟《つぶや》いたが、俺はそれを聞き流した。

俺はもう一度があるように努力するぜ、と思いながら…。


祠堂が気に入ったと思う度にマズイと感じていた理由が、何となくわかってきた。

一つは、タチ同士で、落とすのが難しいだろうと思うこと。

これは最初から思っていたことだ。

だが国分の一件があってもう一つ、いや、二つ追加された。

二つのうちの一つは、彼に『男に抱かれること』に対するトラウマがあるからだ。

傷を負った人間は、当然ながら忘れられるか忘れられないかの二つに分かれる。祠堂がインサートを拒むということは、彼は忘れられない方の人間だということだ。

忘れられない人間の傷はいつまでも乾かない。

じゅくじゅくと痛み、ふとした瞬間にまたパックリと口を開いて痛みを与える。

それがわかっているから、触られることを拒む。

そういう人間はやっかいだ。

そして最後の一つは、祠堂ではなく俺の方に理由があった。

俺は、若い頃から好き勝手に生きてきて、男も女も抱いたし、楽しんでセックスをする方だった。

別れた連中とも、悪くない付き合いも続けている。つまり、それだけ本気になったことがない、ということだ。

だが、祠堂には別だった。

彼が面倒《めんどう》だとかやっかいだとわかっているのに好きになるということ、本気で惚れる、ということに外《ほか》ならない。

本気で惚れてしまったら…、どうしたらいいのか。

女なら、取り敢えず結婚して、ガキでも作るかと思えるのだが相手は男だ。結婚もできなけりゃ、ガキも作れない。

ただ愛して、愛して、捕まえておくことしかできない。

そういう感覚は、今まで味わったことがなかった。

今まで祠堂に向けてたものは、彼とセックスしたい。一緒に楽しい時間を過ごして、笑って、キスして、俺を一番にしてくれれば二番がいてもかまわない。その程度のものだった。

だが、彼の傷を知り、彼の痴態を見、いい年した男の祠堂が可愛いとか思ってしまった今、『その程度』を越えてしまいそうだ。

越えたら、どうしたらいいのだろう？

考えても埒《らち》があかないとわかってるのに、つい考えてしまう。

俺が誰かに相談する、なんて考えられないし、こういう問題を話す相手も思いつかないので、ただひたすら一人で悶々《もんもん》とするしかない。

とはいえ、悩んでいる間祠堂と会わないなんて青臭いこともしなかった。

俺は色々心配だからと言って理由をつけては、それまで以上に彼の事務所へ脚を運んだ。

「美味いメシがタダで届くと思っておけよ」

「タダより怖いものはないですからね」

事務所での、少し硬い口調も可愛い。

「理由がわかんねぇ時には、だろ？　俺のは理由がはっきりしてる」

「何です？」

「下心だ」

眼鏡ごしに向けられる冷たい視線も悪くない。

「もう寝ないと言ったでしょう」

「わからねぇとも言ったよな」

「その無意味な自信はどこから来るのか…」

「ポジティヴシンキングってやつだ。少なくとも、嫌われてないのはわかってる」

「嫌いじゃないですけど…」

「なら、今はそれでいい。本気だから、行儀よくしてるさ」

「何が本気なんだか」

「恋が、だ」

「…バカらしい」

「だから、お前のことが気に掛かってしょうがないのさ」

「もう変なことは起こらないと言ったでしょう」

「それだけじゃない。色々だ」

「色々って何です？」

「色々は色々だ」

誰かが、お前に惚れたらどうしよう。いや、それはまあ別にいい。問題は、お前が誰かに惚れたら、だ。

その芽が見つかったら摘み取るように、側にいたいのだ。

そして祠堂の好きなものや嫌いなものを知りたい。

俺がどんな人間か知って、好意を持ってもらいたい。

青臭い恋愛だ。

だが初めての経験だから、その青臭さも楽しい。

「今度飲みに行こうぜ」

「いいですよ」

「お、本当か？」

「別に惚れてなくても酒ぐらいは飲みますからね」

「じゃ、いい店探しとく」

自分でも、明確な目的がわからないから、今は友達以上恋人未満でもかまわない。

セックスは目的の一つだが、そこは踏み込み過ぎると嫌われる要因になるから、自重する。

仕事の合間に彼の事務所で一服し、一緒にメシを食い、時々飲みに行き。彼がほろ酔いで許してくれれば軽いキスをする。

そんな付き合いでも、『まだ』いい。

「赤目があんまり心配するから、事務所のカギを替えたよ」

飲み屋で、色っぽい祠堂が意地悪っぽく笑う。

「今度は勝手に開けられないように、ディンプルキーにした」

「合鍵は？」

「渡すわけないだろ」

「ちぇっ…」

「赤目だって、お前の部屋の合鍵を渡す気はないだろう？」

「お前が自宅の合鍵をくれたら、交換してやる」

「冗談」

楽しかった。

彼といることが、とても楽しかった。

だんだんと『楽しい』だけでは満足できないようになっても、その欲望を我慢できるくらいに、楽しかった…。


追加で調べたところによると、大山は会社を正式にクビになったらしい。

しかも表沙汰にはされなかったが、業務上横領の罪で警察に引き渡されたそうだ。

初犯ということで執行猶予はついたらしいが、再就職もできず、田舎へ帰ったそうだ。

そして国分の方は弁護士を立てて示談の申し入れがあり、その席には俺も立ち会った。祠堂はいらないと言ったが、それは第三者の証人がいた方がいいだろうということで。

弁護士の言によると、国分は仕事のストレスを晴らしに来ただけで、窃盗の意思はなかったとのことだった。

どうやら、強姦の件は弁護士にも言わなかったらしい。

祠堂は彼がもうここに近づかないでくれると約束するなら、示談に応じると言ったが、俺は弁護士と一緒に事務所を出て、彼を捕まえるとほんの少しだけ脅しをかけておいた。

「計画的犯行の証拠があるんですよ」

と。

もちろん、あの札のことだ。

今時はどこでも防犯カメラが入っている。彼があの札を買ったことを突き止めるのは容易いだろう。何より、あの札にはあいつの指紋が残っている。

外した俺のと、彼の指紋しかない札が、祠堂の仕事場にかかっていた。

これは裁判でも有効でしょう？　と。

国分は、いい弁護士を雇った。

相手は少し困った顔をしたが、取引には応じた。

「示談金の吊《つ》り上げですか？」

「いいや。あの男がここいら界隈《かいわい》に立ち入らない、絶対の約束が欲しいだけだ。ストーカーとか、お礼参りは御免だからな」

「なるほど」

「こちらの要求ではなく、あんたから彼のためにということで、念書を書かせてくれ。あんたからならきっとあの男もいうことを聞くだろう。凄腕のようだから、上手くできるんじゃないか？」

「お褒め頂いてありがとうございます。では、その方向で」

祠堂はツメが甘い。

その甘さが、彼の中に残る友情なのかもしれない。

これですっかり祠堂に対する脅威は取り除かれた。

ここからは、俺と彼との恋愛の時間だ。

何者にも邪魔されず、この甘酸っぱい気持ちを整理するために使える。

そう思って、安堵《あんど》していた。


「赤目にお願いがある」

いつものように昼飯を持って真壁不動産に向かうと、すぐにソファに座らされ、温かい茶と灰皿が出された後、祠堂がそう言った。

「…何だよ、怖ぇな」

彼は俺が座ったソファの横にしゃがんで俺を見上げた。

「下心がある」

「下心？　もっと怖ぇな」

さすがに『今日お前が好きだと気づいたから抱いて欲しい』と言い出すとは思っていなかった。

「実は…、事故物件かもしれないところがあるんだ」

祠堂は視線をそらしながら言った。

「家賃は先月に今月の分を払ってあるが、仕事の方は先月から来てないそうだ。それで確認に行かなきゃいけないんだが…」

「一緒に行ってくれってか？」

彼はコクコクと頷いた。

「お前、前ん時は一人で行ったんだろ？　俺が片付け手伝ったやつ」

「あれは…、実は真壁さんに頼んだ」

「じゃ今回もジジイに頼めばいいじゃねぇか」

「それが…、真壁さんは先週からハワイなんだ」

「ハワイ？　あのジジイが？」

今更あのしなびた身体でワイキキビーチに行くってか？

「戦友の遺骨を弔う旅らしい」

「…ああ」

それなら納得する。

「そういう時は、家族とか会社の人間に立ち会ってもらうとか…」

「無断欠勤を一週間した時点でクビにしたから、自分達は関係ないそうだ。家族とは連絡が取れない。実家の住所がデタラメだった」

「保証人は？」

「保証人サービスの会社だ」

今時は保証人が見つからない人間のために、それを代行する会社がある。支払いの義務は負っても、立ち会いの義務はないってことか。

「警察は？」

「物件のオーナーから、警察だけは呼んでくれるなと厳命された」

八方塞《ふさ》がりってわけか。

「やっぱり、赤目でも嫌か？」

眼鏡ごしに上目使いで見るな。

それも反則技だ。

…もしかして意識してやってるのか。

「嫌じゃねぇが、メリットは？」

「バイト代」

「だけか？」

「…何が望みだ？」

「旅行行こうぜ」

「旅行？」

可愛らしくみせていた祠堂の顔が強ばる。

「身体は取引には使わない」

「そりゃそれでもいいさ。行った先でその気になったらする。その気にならなかったら普通に旅を楽しむ。もちろん、旅行代は俺が持つ」

「それじゃ礼にならないだろう」

「お前と、邪魔が入らないところで二人きりの時間を過ごす。十分な礼だ」

「期間は？」

「俺も仕事があるから、二泊三日がせいぜいか？」

祠堂は立ち上がり、腕を組んだまま、暫くその辺りをうろうろした。

ま、ダメだと言われたら、ツーリング程度で我慢してやるか。

「わかった」

だが、足を止めて振り向いた祠堂は、意外な返事をした。

「ただし、こちらにも条件がある」

「条件？　行き先か？」

「違う。立ち会いの時、私は部屋に入らなくていいという条件だ」

本当に苦手なんだな…。

だが今回は、その苦手意識に感謝だ。

「ＯＫ、いいぜ。それなら行ってやるよ」

「中に遺体があるかもしれないぞ？」

「だから入るのが嫌なんだろ？」

「もしかしたら、亡くなったのは先月で、状態も酷いかもしれないぞ？」

「かもな」

「それでもいいのか？」

「ああ」

祠堂はほっと胸を撫で下ろした。

「ありがとう」

「どういたしまして。今すぐ行かなきゃダメか？　一服つけるぐらいの時間はあるか？」

「それぐらいなら別にいいぞ。食事もしてった方がいいかも。後になったら入らなくなるかも知れないし」

「俺はそこまでやわじゃねぇよ」

「だって…」

と彼が言いかけた時、デスクの上の電話が鳴った。

仕事の邪魔はしたくないと、さっそくタバコを取り出して火を点ける。

「はい、真壁不動産です」

気の強い祠堂が幽霊が怖いと怯えるのは可愛い。今度だましてお化け屋敷とかに連れてってみようか？　いや、お化け屋敷じゃすぐバレるから、旅行中に墓地にでも散歩してみるとか？

きっと腕にしがみつきながら、怖くないと強がるのだろう。

…可愛いじゃねぇか。

「その件でしたら、何度言われても私の返答範疇《はんちゅう》ではありませんから。何も申し上げることはございません」

にやにやと笑っている俺の耳に、強めの祠堂の声が届く。

おや、と思ってそちらに目をやったが、背中を向けている彼の表情は見えなかった。

「関係ないです。私は依頼されたことを遂行しているだけです。そちらがお望みなら、オーナーにかけあってください」

受話器を通して、何を言っているのかはわからないが向こうの声が漏れてくる。

相当怒鳴ってるようだな。

だが祠堂の声は変わらなかった。あくまで事務的だ。

「申し訳ございませんが、来客中ですので、これで切らせていただきます。まだ何かあるようでしたら、オーナーを通してからにしてください」

彼らしくなく、少し乱暴にガチャンと電話を切る。

「もめごとか？」

「うちが扱ってる物件に一枚咬ませろって言う同業者だ」

「どこだ？」

「心配性の人には言いません」

彼は振り向くと、向かい側に座って俺の買ってきた弁当を開いた。

「今日は洋風なんだ」

「花咲通りの角んところにある洋食屋のだ」

「あそこ、お弁当も作ってるの？」

「いや、俺だけ特別」

「どうして？」

「あそこの店長にバイクを譲ってやったことがあるんだ」

「へえ。ン、美味しい」

箸を咥えたままちょっと目を見開く顔が可愛い。

「気に入ったんなら、またもらってきてやるよ」

「買うんじゃないのか？」

「代金を受け取らねえんだ」

「どんなバイクあげたんだ？」

「…若い頃にヤンチャにカスタマイズしたバイク」

「……へえ」

弁当を食うと、俺達は揃《そろ》って事務所を出た。

今回はちょっと遠い場所だったが、歩いて行けない距離ではない。

前回はマンションだったが、今回はアパートとマンションの中間、コーポという感じの建物だ。外壁は塗り直してあるようだが、そう新しくはないだろう。

「これが鍵だ。一階の、一番右奥の部屋で、住人は岡村光一《おかむらこういち》、四十三歳」

合鍵を俺に押し付けると、祠堂は敷地の外で手を振った。

「玄関先までも来ないのか？」

「行かなくていい約束だ」

「そりゃそうだが…」

俺はちょっと待ってろと言ってコンビニまでひとっ走りすると、マスクを買ってきた。不織布のそれを二枚重ねにしてから、ドアを開ける。

住人が不在のはずなのにエアコンの室外機が唸《うな》っているのが気になったからだ。

案の定、ドアを開けると饐《す》えたドブのような、台所の三角コーナーを三日放置したみたいな臭いが不織布を通して漂ってきた。

壁に手をつけないように注意しながら、土足のまま中へ入る。

悪い予感は的中だった。

俺はすぐに部屋を出ると、祠堂のところまでとって返し、マスクを外した。

「大家が何と言おうと、警察沙汰だな」

「…亡くなってたのか？」

「ああ。しかも一部溶けてた」

「そういう説明はいい」

「よく臭いで気づかなかったな」

「あの壁の向こう側が、隣のアパートのゴミ収集場なんだ」

なるほど。ゴミの臭いに紛れてたわけか。それでも異様だと思って誰かが勤め先に連絡したってとこかな？

「事件性は？」

「多分ないだろうな。俯《うつぶ》せて…」

「説明は警察にすればいい」

「はい、はい」

可哀想に。

誰にも見つけてもらえないままずっと横たわっていた遺体に、俺は軽く手を合わせた。

「警察が来るまで一緒にいてやるよ」

「ありがとう」

「どうせサツが来たら実況検分とかで立ち会わなきゃならないが、お前、無理だろ？」

「…ああ」

反論もせずに彼が頷く。

「これさえなければ、いい仕事なんだが。不動産屋ってこういうこと、多いのかな」

「いや、この街だけだろう。繁華街ってのは、食い詰めた連中が集まる。そこに群がる連中には健康管理なんて言葉と無縁の人間も多い。訪ねて来る友人もいない。結果、こうなるのさ」

「お前が…三日顔を出さなかったら、マンションに行ってやるよ」

祠堂はポツリと呟いて、警察に電話を入れた。

「大変失礼いたします。真壁不動産の祠堂と申しますが…」

ツンデレって言うのか、こういうのは。

強がりばかりで拒絶しておきながら、時々懐に飛び込んで来る。それを抱き締めずに我慢するには忍耐力が必要だ。

「はい、ではお願いいたします。アパートの前で待っておりますので」

祠堂が電話を切るのを待って、俺はアパートの壁の内側へ彼を引っ張り込み、そっと背後から抱き締めた。

「お前が会社に顔を出さなかったら、俺はどこへ行けばいいんだ？」

「そんなの…」

言いかけて、言葉が止まる。

「都会の一人暮らしの用心として、教えてやる。だが、突然訪ねてきたりしたら、旅行はナシの上、一生立ち会い人としてこき使うからな」

軽い肘鉄で俺を払いのけると、彼はポケットから取り出した自分の名刺の裏に、住所を走り書きした。

「ほら。電話は携帯電話の番号を交換しているからいいだろ」

彼の住所を調べるなんて、造作もないことだ。

というか、実はもう知っている。その場所も。

だが、彼から聞きたかった。

「わかった。行く時はちゃんと連絡を入れる」

「来るな、と言ってるんだ。私はプライベートは一人が好きなんだ」

「奇遇だな、俺もだよ。痛ッ！」

祠堂の靴の踵《かかと》が、俺の向こう脛《ずね》に当たる。足を踏まれることは予測していたが、蹴られるのまでは予測していなかった。

踏まれるのなら、ライダーブーツだから痛くなかったのに。

「いい子にしてたら、明日は飲みに行ってやる」

「本当に？」

「御褒美だ。警察の対応は上手いみたいだからな、よろしく頼むよ」

「いいように使ってんなぁ…」

それでも、彼からの誘いに悪い気はしなかったので、午後の仕事を一本断ってまで、彼に付き合ってやった。

浴衣の祠堂を想像しながら。


祠堂が心を開いてくれたら、俺に惚れてくれたら、自分の気持ちに歯止めがかからなくなるだろうと思っていた。

甘酸っぱいだの、青臭いだのというカワイイ恋愛を楽しめるのは、彼が扉を閉ざしているからだ。

祠堂の玄関先で、ノックしようか、どうしようかと悩み、部屋へ上がったら何を話して何をしようかと考えている間が楽しいのだ。

けれど一度扉が開いたら、自分にカワイイ恋愛なんかできないだろう。

だから、彼が振り向いてくれるのが、待ち遠しくもあり、怖くもあった。

祠堂が自分の自宅の住所を教えてくれたのは、大きな進歩だと思う。

これで、扉のすぐ向こうにあいつの気配を感じたも同然だ。あとはカギの開く音を聞くだけ。

俺はそんなことを考えながら、何度も祠堂の名刺を取り出して見ていた。

今夜、飲んだ後に俺の部屋へ誘って、彼がついてきたらOKだと思っていいのだろうか？　それとも、まだ友達の家に来る程度だろうか。

翌日は、仕事をしながらもずっとそのことばかりを考えていた。

「今日は、ちょっと奇妙な感じだよねえ」

なので、仕事で馴染みの会計士の事務所に行った時、そう言われて俺は自分の態度のことを言われたのだと思った。

「そうか？　いつもと同じだぜ」

会計士のオッサンは、すぐ落ちてくる眼鏡を上げながら、俺が届けた封筒にハサミを入れた。

「そうかい？　何だか随分騒がしいような気がしたんだけど」

「騒がしい？」

「ああ。豆屋のとこの通りに、バンが何台か停まってたからね」

何だ、俺のことじゃないのか。

「へえ。俺はそいつを取りに街から離れてたからわかんねぇな」

「キナ臭いことにならないといいがね。はい、確かに受け取りました」

オッサンは受け取りの伝票にサインをし、また眼鏡を上げた。近眼がきつくて厚くなったレンズが重いせいだろう。

「巻き込まれるなよ」

「わかってるって」

サインをもらったら用はない。

少しオッサンの言葉は引っ掛かったが、バンが停まってたからどうだということもないだろう。

それでも一応気に掛けて豆屋の通りの前を通ってみたが、オッサンが見たというバンの姿はなかった。

だがその通りからふっ、と顔を上げた時、嫌な感じはした。『感じ』程度だが。

時間はまだ早かったが、このまま祠堂のところへ行ってしまおうか？

真壁不動産が終わるまでまだ時間があるが、茶でも飲みながらあいつが働いてるところを見ているのも悪くない。

俺はバイクを回し、裏通りへと向かった。

街はいつものようにざわついている。

雑多な人間、雑多な建物。

外国人は多くなったが、学生は減ったな。街の色というやつは、少しずつ、そして一気に変わるものだ。その変化を見ていられるのも、楽しいことだと思う。

真壁不動産の入っている雑居ビルの前の、いつもの場所にバイクを停める。

建物の中に入り、軽快に階段を上る。

客が来ていないといいな。

二人きりだったら、飲みに行く店をどこにするかとか、例の旅行の行き先をどこにしようかとか、話すことはたくさんあるのだ。

だが…。

俺は真壁不動産のドアの前に立った時、全身の血が沸騰するのを感じた。

ドアが、壊れている。

扉と壁の間に、大きな穴ができている。

「祠堂！」

迷わず、俺はドアを開けた。

空っぽの事務所。

乱れてさえいない。

ここのカギは、つい先日ディンプルキーに替えたばかりだった。

いや、ディンプルキーに替えたからこそ、壊されたのがカギではなく扉の方だったのだ。

誰かが、扉を壊してここに入った。

祠堂はカギをかけていたのに。

客の来る時間帯にカギをかけることはないだろう。では何時？　何時侵入者はやってきた？

携帯電話を取り出し、着信を調べる。通話もメールも、祠堂からのものはなかった。電話もできぬほど突然踏み込まれたというのか？

「チッ…」

警察に…、電話をするのがいいことなのだろうか。

こんな荒っぽいことをするヤツが、警察の介入をよしとするだろうか？

「…落ち着け。考えろ。理由は、ヒントは、どこかにあるはずだ」

そこらにある物をなぎ倒して暴れたいほどの焦燥を抑え、部屋の中を見回す。

電話の横のメモには走り書きがあった。だが『３ＬＤＫ』だの『予算』だのという仕事に関係する言葉しかない。

この椅子に座って、彼は仕事をしていた。

侵入者が来る。

あの扉はそう簡単には壊れないだろう。扉を壊している間に、俺や警察に電話をしようという気にならなかったのだろうか？

祠堂は、極めて一般人に近い存在だった。いや、ここで育ったわけではない、たまたまここで働くことになってしまった正真正銘の一般人だ。

開けにくいと言われるディンプルキーを過信して、気が済むまでやらせておけばいいと思ったのではないだろうか？　考えられることだ。

だがドアは開いた。

開いた瞬間に、彼が電話を取ったとしよう。けれどそれも間に合わないくらい一気に入り込まれ、捕まったのだ。

「大人数か、プロか…」

祠堂がそんなヤツに狙われる理由があるだろうか？

彼に関係するトラブルと言って思い浮かべるのはは大山と国分だ。

けれどその二人とも、既にカタがついている。大山はここを知らないだろうし、国分は執行猶予中だ。もとより、他人に知られたくないと思ってる人間が人を頼むとも思えない。

『もめごとか？』

『うちが扱ってる物件に一枚咬ませろって言う同業者だ』

つい昨日、ここで交わした会話。

あれかもしれない。

かなりしつこそうな電話だったたし。

その可能性を考えると、嫌な予感がした。

断片的に入手していた情報が、糸が寄り合わさるようにまとまっていく。バラバラだったパズルのピースが、パチンパチンとはまって形を作る。

祠堂が、他の争わなければならないような大きな物件。

こんな小さな不動産屋にそんなものがあるだろうか？

ある。

俺が推した。

地主の堀尾のジジイが死んだあと、息子がここいらを開発するなら、地元の古株に頼めばいいと、真壁のじいさんの名を口にした。

真壁のじいさん、つまりここだ。

堀尾の新規事業は噂になっていた。ここいらの連中なら、飲み屋の親父だって知っていた。

仲介業での金を手に入れたいと思う者にとって、堀尾の仕事は魅力的だっただろう。なのにそれを真壁に、祠堂に取られてしまった。

メインは大手のデベロッパーだが、そっちが大きすぎて手が出せないなら、祠堂を脅して辞退しろ、うちに譲りたいと言え、と言うかもしれない。

『また祠堂のヤツが立ち会いに入りやがって。一度シメでやらねぇと気が済まねぇな』

星川の事務所で耳に挟んだ一言。

あの時は、まだ祠堂に惚れていなかったから軽く聞き流した。

だが、星川の、ブルースターの若い奴《やつ》らは祠堂を目の敵にしていた。

血が、逆流する。

鳥羽刑事は言っていた。

『ここのところ、ブルースターがごちゃごちゃ動いてるみたいだから、お前は絡むなよ。連中とことを構えたら、遊びじゃ済まないぞ』

さっき、バンが停まっていて騒がしいと言っていた豆屋の前で見上げたところには、ブルースターの看板が見えていた。

星川は元ヤクザだ。

所属していた組が解散しただけで、中身はまだヤクザのままだろう。

その星川が、祠堂に目をつけたら……。

「クソッ！」

俺は後悔した。

どうしてあの一言を聞いた時に、軽くでもいいから祠堂に注意をしておかなかったのか。堀尾のオッサンに相談された時に、真壁のじいさんの名前を出してしまったか。

もしも想像している通りだったら、これは俺が原因で起こったことではないか。

俺は、携帯電話を取り出すと、稲田に電話を入れた。

『はい、もしもし？』

「稲田か、俺だ。すぐにパソコン持って俺んとこへ来い」

『カチコミですか？』

「かもしれん」

『すぐ行きます！』

稲田は嬉しそうに声を弾ませた。

「こっちへ来る前に、ブルースターコーポレーションについて調べろ。星川って元ヤクザが代表だ。星川が人を拉致《らち》って隠しそうな場所は、全部ピックアップしてこい」

『はい』

稲田との電話を切ると、俺は事務所を後にした。

ここに残っていても何にもならない。

祠堂を助けられない。

「もしもし、宮脇《みやわき》か？　俺だ」

『赤目さん。どうしたんっすか？』

「すぐに集められるだけ人集めろ。ヤクザとかち当たるかも知れないから、ダメなヤツは来なくていい。集まる場所は追って連絡する」

『わかりました。エモノは？』

「あくまで合法で、だ」

『わかりました。俺達もいい大人ですから、大丈夫です』

電話をしながら、階段をおりる。

バイクに跨がり、取り敢えず部屋まで真っすぐ戻り、部屋に戻ってからまたあちこちへ電話する。

「石見《いしみ》、俺だ。そっちで連絡の取れる人間、呼べるか？」

『いいですけど』

「後藤《ごとう》は医者になったんだっけ？」

『ええ』

「来られるようだったら呼びたい」

『…わかりました。呼べばすぐ来ますよ。弁護士の御用は？』

「そいつは後でいい。警官になったヤツは呼ぶな」

『悔しがりますよ？』

「後で頼むかもしれないと言っておけ」

『はい』

話して、切って、また話す。

星川は、自分の会社にもそっちの趣味のある男がいると言っていた。

タチの悪いヤツだと。

祠堂は、一度暴力で傷ついているのだ。

なのにもし、今度そんなことになったら…。

国分は未遂だった。本人達が顔見知りだったから話し合いの余地もあった。

だがもし星川のところの人間が動いたら…。

「もしもし？　黒田のじいさんか？　悪いが、近々ちょっとした頼み事をするかも知れないが、いいかな？」

息が、苦しかった。

こんなことは初めてだった。

こんなに、怒りにかられたのは、生まれて初めてだった。


「星川は財産を殆《ほとん》ど処分してます。警察の追及を逃れるためです。会社名義の物件は本社ビルを含めて三軒。それがこの地図で赤いピンの立ってるところです」

俺の部屋に物がないのは、人を呼ぶことがないからだが、同時にこうして人を呼ぶためでもある。

今、からっぽの部屋が狭く感じるほど、むさくるしい男達が集まっていた。

テーブルなどいらない。

椅子もいらない。

車座に座って膝を立て、床に置いた灰皿に吸い殻を積み上げてゆくだけの人間だ。

「ここいらは人通りが激しいところだろう。連れ込むには無理があるんじゃないか？」

「俺もそう思う。だが、星川の内縁の妻の名義の物件となると少し毛色が違う。それが黄色いピンの立ってる場所だ」

座の真ん中に置かれたタブレットの画面を示し、稲田は続けた。

「住宅地のはアパートか」

「こっちは倉庫か？」

「ビューモニターで建物を確認しろ」

それぞれが持ち込んだパソコンで調べ始める。

俺は、それを黙って聞いていた。

「バンを使うならこっちだろう」

「倉庫は小さいな。それに、近くに工場がある」

「じゃ、やっぱりこっちのアパートだろう」

何人かが、建物の割り出しを続けている間に、他の者はエモノの検討を始めた。

「凶器準備集合罪ってのがあるから、一目でそれとわかるものはマズイだろう」

「護身用のスタンは？　市販品だぞ」

「ダメだ」

「じゃ、やっぱりペットが一番だな。足がつかないし」

ざわざわと聞こえる声。

俺はそれを聞きながらただタバコを吸っていた。

「赤目さんは何持ちます？」

「巻物だ」

「じゃ、俺もそれにするかな」

「さらわれたのって、赤目さんのダチですか？」

「いや、惚れた男だ」

俺の返事に問いかけた者は一瞬返事を戸惑ったが、すぐに真顔で頷いた。

「わかりました。じゃ、その方向で」

そこへ電話が鳴る。

俺の携帯だ。

『赤目か。わしじゃ』

相手は黒田のじいさんだった。

「おう。それで？　頼みごとは聞いてもらえそうか？」

『そうじゃのう…。まあいいだろう。お前とはまだ将棋を打ちたいからな』

「感謝するぜ」

一つ。

また一つと、レンガを積むように組み立ててゆく。

俺は、こういうことはもう縁遠くなったと思っていた。

ここにいる連中もそうだ。

子供はやがて大人になる。

俺は大人になれたし、こいつ等もそうだ。

時代が、そういうものを排除するならそれもいいじゃないかと思えたから、大人になった。

だがそれでも、やはりこうしてざわつく気配を感じると、血が滾《たぎ》る。

そして心の奥底で、祠堂に対する気持ちも滾る。

楽しんでいたカワイイ恋愛を潰そうとする者がいるのなら、俺がそれをぶっ潰す。

やっと、笑うようになった。やっと、こちらを振り向くようになった。

可愛いところを見せて、軽口を楽しんで、これからいい時間を過ごそうと思っていた。

なのにそれを取り上げるなら、相応の報復は覚悟してもらいたい。

「赤目さん」

俺はガキだ。

「目星はつきました。移動しましょう」

「わかった」

俺はゆらりと立ち上がり、新聞を巻いた棒をケツに差した。

「これは俺の私闘だ。ヤバイと感じたらケツ捲《まく》って逃げろ。お前達はもう『普通の大人』なんだからな」

「わかってますよ」

稲田が、代表するように答える。

「俺達は少し利口になったんです。だから上手くやります。でも、赤目さんのために動くことは、まだ俺達には楽しいことなんですよ」

「はしゃぎやがって…」

唇の端だけでにやりと笑い、車座の真ん中を突っ切ってドアに向かう。

スーツ姿の者も、シャレたブランド物の服に身を包んだ者も、作業着の者もいる。

彼等は、黙って、俺についてきた。

俺の怒りを感じているかのように、笑いもせずに。

俺と、祠堂のために。


「それじゃ、行くか」

合図と共に、皆手術用のゴム手袋をはめ、マスクをつけた。

俺は丸めた新聞紙を握りしめ、先頭に立った。

目標物は壊れかけたアパート。

大昔の地上げの余波か、周囲も、その建物も、中途半端に壊れていて、そこだけ世界から切り離されたようになっている。

その建物が、暗闇にぼんやりと浮かんでいた。

「普段は人がいないそうです。真っ暗でおっかないってスーパーの店員が言ってました」

「じゃ、今は中に人がいるってことだな？」

「はい」

俺は目の前のぼんやりとした明かりを見つめた。

あそこに、祠堂はいるだろう。

いて欲しい。

「中に入ったら名前は呼ぶな。何も残すな。相手はヤクザだ、好きにしていい。だが殺すな」

暗闇で一同が黙ったまま頷く。

「目的は人を救出することだけだ。後のことは既に手配済みだ。俺らがやることじゃねぇ。いいな、バカをやれる歳は終わった。それだけは忘れるな」

また皆が頷く。

「…行こう」

ここまで乗ってきた車やバイクは、離れた場所に停めていた。

そこには別動隊がいて、誰がどこから見ても真面目なサラリーマンという風体の連中が守っている。

撤退にアシが必要な時は、連中が迎えに来る手筈《てはず》だが、その必要はないだろう。

雑草の間を、身を低くして走る。

先頭の俺の動きをなぞるように、後が続く。

エモノは、新聞紙を丸めた棒。

だが中身は鉄材だ。それにきっちりと新聞紙を巻いて、油をかけてある。

撤退の時にはこいつに火をつければ新聞紙が燃える。指紋も血痕《けっこん》も残らないというわけだ。

他のヤツが持ってるのは、水の入ったペットボトルを凍らせたもの。これもどこにでも売ってるからアシがつかないし、殴ればかなりの痛手を追わせられる。

けれど、フタを開けて置いておけば中身は解けて流れ、凶器と思うものはいないだろう。

ヌンチャクよろしく、ボトルの首に水引をつけたのもある。祝儀袋なんかで使う水引は、紙でできているので燃える。これも証拠隠滅のためだ。

一般人が『凶器』と呼ぶものは持たなかった。

後に残るものも使わなかった。

「人の声がします」

「何人かいるな」

「不動産屋で見せてもらったら、アパートの間取りは全て六畳四畳半でした。古いタイプだから広いとしても、十人と入れないでしょう」

「壁が壊れてて繋がってる可能性は？」

「あると思います。でもせいぜいが二部屋分ぐらいでしょうね。まだ貸す気があるようなことを言ってましたから」

木の扉は、中の声をよく通した。

周囲が廃屋で静かなせいもあるだろう。

「しぶといな」

声が聞き取れる。

「もういいからやっちゃいましょうよ。あんなヤツいなくなったって探すもんもいないでしょう」

「警察がうるさいからな、静かにやりてぇんだが…」

「それこそ、生かしておいたら警察に駆け込むかもしれませんよ」

その一言が引き金だった。

手を上げる。

皆が立ち上がる。

俺がドアの前に立ち、もろい木のドアを蹴破る。

「誰だ！」

慌てた様子で振り向く男に、躊躇なく棒を振り下ろす。

だが殺さないために狙うのは肩だ。

俺が先陣を切ると、窓を破って他の連中もなだれ込んできた。

「何だ？」

「誰だこいつら！」

「野郎、なめた真似しやがって…！」

普段は、元であろうヤクザでございという顔をして粋《いき》がってる男達が狼狽して狭い部屋を逃げ回る。

怖いだろう。

何者かもわからない連中が無言で襲ってくるのは。

星川の人間を蹴散らすのは、皆に任せ、俺は奥へ進んだ。

入る前に言っていたように、ボロいアパートは部屋の壁が壊され、二部屋が一つになっていた。

連中は俺が入ってきたドアは使えないと、もう一つのドアから出ようとそちらへ集中していたが、そっちにも待機している者がいて、迎え撃っていた。

祠堂だ。

俺はその混乱の中、祠堂を探した。

日に焼けた畳の上、顔を紫に腫らして転がされた祠堂を見つけた時には、ついに我慢というものをかなぐり捨てた。

「星川」

祠堂の隣でおろおろとしていた星川に声をかける。

「お前…赤目…？」

マスクを取って、星川の前に仁王立ちになる。

「そいつは俺のもんだ。随分なことしてくれたじゃねぇか」

「こ…こんなことをしてタダで済むと…」

「タダで済まねぇのはそっちだってのがまだわからねぇのか？」

ひゅっ、と音をさせて新聞紙を振り下ろす。

当てはしなかったが、場数を踏んだ星川はそれがただの新聞紙ではないことに気づいただろう。顔色が変わる。

「足、洗ったんじゃなかったのか？　エグイことしてくれるじゃねぇか」

「赤目…。そうか…こいつ等がお前の…」

「どうした？　警察でも呼ぶか？　それとも、這いつくばって詫《わ》びを入れるか？　もっとも、今更詫びを入れても遅いがな。真面目に会社員ってのをやってりゃ、まだまだ自由を楽しめたのになぁ？」

一歩近づくと、一歩下がる。

「お前は自分が特別だと思ってる。だが俺は自分が一般人だと思ってる。どこにでもいる、普通の男だ。お前はその普通の男に負けるんだ」

更に近づくと、星川が後ろに立っていた人間にぶつかった。

「縛って転がせ」

背後に立っていた者は、了解、とも言わず結束バンドで星川の手首を縛り、そこへ転がした。

「普通ってのはいいぜ、星川。これからはそれに恋焦がれるといい。もうお前は『普通』には戻れないんだからな」

「警察に突き出したって、たかが誘拐だ。俺はすぐに出てくるぞ」

「警察？　お前をサツに差し出すんなら、俺が出てくるもんか。お前はもっと『いいところ』に引き渡されるんだよ。ここにいる連中全員な」

「どこに…」

「さあ？　そいつは知らねぇな。俺の頼みは『星川達が二度とこの街に戻ってこないようにしてくれ』ってだけで、その願いを聞き届けてくれたヤツが何をするかには興味がないんだ」

だがいずれロクなことにはならないだろう。

何せ、黒田のジジイはろくでもない年寄りだから。

「祠堂」

俺は横たわったままの祠堂を抱き起こした。

レンズにヒビが入った眼鏡を外してやり、ポケットに突っ込む。

「…あか…め」

よかった。意識はある。

「俺を呼べよ。助けに来てやるって言っただろう。俺は正義の味方なんだぜ」

「…ばか」

俺は祠堂を抱き上げると、辺りを見回した。

もう全て、カタはついている。

イモムシのように星川の人間が転がされ、仲間は既に撤退を始めていた。

「帰ろう」

「赤目…」

「こいつらは任せる先がある。何も考えるな」

色々確かめたいことはあったが、今は後回しだ。

ものの十分と掛からぬ襲撃はこれで終わり、俺はアパートを後にした。

この腕の中に、祠堂が戻ってきたことだけで安堵して。


「打撲ですね。骨に異常はないようです。冷やして、腫れが引けば大丈夫ですよ」

後藤はそう言って祠堂の腫れた頬に冷却シートを貼り、絆創膏《ばんそうこう》で固定した。

「身体の方は？」

「赤くなってるところはありますが、そっちも無事です。俺達なら、一日で治る程度です。彼も鍛えてはいるみたいだから問題ないんじゃないですか？」

「…やられてたりしてねぇか？」

「ないです」

「そうか」

考えてみれば、祠堂がゲイだということが知られているわけではないのだから、最初に与えられるのは暴力だけだったのだろう。

「悪かったな、急に呼び出して」

「俺は往診だけですから、謝る必要もないですよ。それに、久々集まって飲むのも楽しいし。この後、大塚《おおつか》の店で飲みますけど、来ないんでしょう？」

後藤はちらっと祠堂を見た。

「悪いな。今度また行かせてもらう」

「熱い抱擁とかしてもいいんですよ。ディープキスは頬の傷に障りますが、他のことは大丈夫でしょうから」

「片想《おも》いなんだ。そいつはできないのさ」

「へえ…、赤目さんが。じゃ、今夜の酒の肴《さかな》はそれにしますよ」

「よせよ」

「じゃ、もうみんな集まってると思うんで、俺もこれで」

「ああ。みんなによろしく言っといてくれ。今夜は本当にすまなかった。心から感謝してるって」

「喜びますよ」

玄関先まで後藤を送ると、彼はそこでもまた頭を下げて、「また呼んでください」と言ってから出て行った。

長いため息をついて、部屋に戻る。

ベッドの上で眠る祠堂の髪を撫でると、彼はうっすらと目を開けた。

「赤目…」

「もう大丈夫だ。ここは俺の部屋だ」

「…お前、何者なんだ？」

「俺？　俺は単なるバイク便の兄ちゃんだぜ。そろそろバイク便のオジサンになりかかってるが」

「…茶化すな。今の医者といい、さっきの救出の時の人間といい、普通じゃないだろう」

「喋って痛まないなら安心だな」

彼の枕元《まくら》に腰をおろす。

「言いたくないのか？」

「いや、別に。ありきたりの話さ」

「ありきたり？　あの統制の取れた人間達が？」

「ああ。みんな普通で、ありきたりな人間さ。俺を含めてな」

「じゃ、そのありきたりな話をしてくれ。聞きたい」

「元気になったらな」

「もう元気だ。殴られたのは顔だけだし、今の医者が麻酔のクリームを塗ってくれた」

「身体にも赤い痕《あと》があると言ってたぞ」

「それももう痛まない」

どうしても聞かなければ気が済まないという顔だ。

「お前、ヤクザなのか？」

「ヤクザは嫌いだ」

「じゃあ、どこかの大きな組織の人間とか？　大金持ちの息子とか？」

「凄い想像力だな」

俺は笑った。

笑ってから、ベッドをおり、床に座ってタバコを咥える。

視線が、横たわる祠堂と同じ高さになった。

「俺は…、早くに両親を亡くした。父親は普通のサラリーマンだった。死んだのは交通事故だ。よくある話だろう？」

「…それで？」

「父方の祖母の引き取られたが、口うるさいばあさんとはソリが合わなかった。ことあるごとに母親の悪口も言ってたしな。それで十代でばあさんの家を出て、この街の近くに友人とアパートを借りた。六畳一間に三人で暮らしてた」

「恋人？」

「まさか。本当に友人さ」

昔の話だ。

「で、家出少年の行き着く先として、これまたありきたりだが、族を作った」

「族？」

「暴走族さ。バイクで走り回って、いいことも悪いこともして。俺はそこのアタマを張っていた。皆が俺を赤目『さん』と呼ぶのはその時の名残だ」

「さっきの…医者も暴走族？」

不思議そうな顔をするから、笑ってしまった。

「医者だって、十代の時には悩み多き高校生さ。俺はギチギチに縛るのは嫌いだったし、犯罪に手を出すのも嫌いだった。暴力団やチンピラに媚びるのも御免だ。ただその…、若さゆえのエネルギーの発散場所が欲しかっただけだった」

口に出すとやはり恥ずかしいな。

早く走ることが、カッコイイバイクに乗ることが、最高だと思っていた。

やってはダメと言われることをやるのは楽しかったし、それを警察や大人達にバレないようにやることで得意になっていた。

今時の若い者は、なんて絶対に言う資格のない人間だった。

「子供は、ある意味平等だ。金持ちも、貧乏人も、普通の人間も、ただの学生であり、街をふらついてる兄ちゃんだ。家が貧しくて学校の友人と遊びに行く金がないヤツは俺のところでゴロゴロしていた。兄弟や家族とおりあいが悪ければ逃げてきた。やることが見つからなかったり、いじめにあってるヤツもいた。親の過度の期待に負けて逃げた者、親にかまってもらえなくて拗ねてた者、やりたいことが見つからなくて悩んでいた者。みんな、どこにでもある悩みや苦しみを抱えて、それをわかってもらえると思って集まっていた。だが…、遊びの時間は終わる。楽しんでいたゲームのルールが適応されない歳ってのが来るもんだ」

きっかけは、ヤンチャが過ぎたヤツが警察に捕まったことだった。

そこで俺達は、気が付いた。

逃げ切れない時が来たのだと。

だからと言って、クサるのは嫌だった。

だから、そこから『大人』になる努力をしたのだ。

頭のいいヤツは勉強に戻った。

金を持ってるヤツは持っていないヤツに出資して、自分の夢を肩代わりさせた。もちろん、全員がよくなれたわけではない。未だに現実から逃げ続けているヤツもいる。だが、人生の、一番ナイーブで苦しんだ時代を一緒に過ごした者の手を離す気にはなれなかった。

それぞれが自分の道を見つけ、その道で他人に認められることがカッコイイと思うようになった。

「俺達は、カッコよく生きてみたかったのさ」

「…赤目も？」

「俺は組織に属さないでふらふらして、それでも上手く生きていくのがカッコイイと思った。だから今、そうしてる。さっきの後藤は、親も医者だが、お前は絶対に医師にはなれないと言われて相手にされなかった。だから、その親に『なれたぜ』って言うためだけに医師になった」

「それだけで？」

「人間は他人の目を気にして生きる。だがそれは怯えるために気にするばかりじゃない。認められるために意識することだってある。祠堂だって、『よく頑張ったな』と言われたいだろう？　言ってもらえなくて悔しかったら、俺は頑張ったぞ、ザマアミロと言いたいだろう？　シンプルなもんさ」

祠堂は、ゆっくりと身体を起こした。

汚れてよれたワイシャツが痛々しい。

「俺はどこにでもいる普通の人間だ。みんなそうさ。だが特別な人間でもある。みんな同じじゃないんだから。特別になるかどうかは、特別に扱って欲しい人間がいるかどうかで決まるんだと思う。だから、俺はあいつらのためにも、ちょっと変わった男でいたい。自分はあのちょっと変わった男と昔一緒に遊んでたと思い出せるように。全く違った世界に別れて行った連中の結び目でいたい」

「何故？」

「大人になれば退屈な人生に足を踏み入れることもあるだろう？　そういう時、思い出す過去があった方が楽しいじゃねぇか」

「普通でいたいのに、特別になろうとするのか？」

「普通も、特別も一緒さ。考え方だ。だがその『考え方』ってやつは、時に誰かに指摘してもらわないとわからなくなる。俺は自分を普通だと思うが、他人に取っては特別変わってると見えるかもしれない。自分が普通だと思っていれば、他人がどうみようと関係ない。そう見たい奴等にそう思わせてやるぐらいには、みんなが好きだからな」

俺は短くなったタバコを消し、立ち上がった。

「今日はベッドを譲ってやるから、ゆっくり休め」

「お前は？」

「俺はどっかで寝るさ。真壁の事務所で寝たっていい。カギは壊されたが、俺を襲うヤツもいないだろう」

「ここにいろ」

手が伸びて、俺のシャツを摑む。

「一緒に寝ればいいじゃないか」

「一緒にベッドに入ったら、悪いコトするぜ」

「いい」

祠堂は摑んだシャツを引っ張った。

「助けてもらった礼だ。抱かれてもいい」

「怪我してんだろ」

「痛まないと言っただろう。平気だ。今なら…、挿入れてもいい」

殺し文句に心は揺れたが、俺はそっと彼の手を離した。

「もうダメだ」

「何が？」

「もう、『お礼』でお前を抱けない」

外したまま握っていた祠堂の手がピクリと震える。

「もう、嫌いになったのか」

「違う。反対だ」

「反対？」

「本気で惚れたから、代償で差し出されても抱けない。お前がさらわれたとわかった時、俺は怒りで死にそうだった。その頰を見た時、星川を殴り殺してやりたかった。お前が、好きなんだよ。気に入ったんじゃない、ちょっと口説いてみたいでもない。祠堂に惚れたんだ。お前を俺だけのものにして、ムチャクチャにしてやりたい。だから、遊びは終わりだ」

遊びの終わりはいつも唐突だ。

前の時もそうだった。

バカができない、と悟ったのも突然だった。

感覚で、本能で、『その時』がわかってしまうから、もう前と同じようにはできなくなる。

祠堂は、手を離した。

そして汚れたワイシャツを脱ぎ始めた。

「着替えるのか？　だったら…」

「助けに来たお前は、カッコよかった」

着替えを出すのも待たずにシャツを脱ぐ。

「今の話も、カッコいいと思う。お前は、全然普通じゃない」

「そいつは嬉しいな」

「だからいいと言ったんだ」

「何を？」

問い返すと、丸めたワイシャツを顔に投げ付けられた。

「わからないのか、バカ。鈍い男め」

「祠堂？」

ワイシャツを顔から剝《は》がして彼を見ると、祠堂は頰を染めて怒っていた。

「私は特別だと言ってるんだぞ。特別に思えるって」

「…ああ」

「私に特別だと思って欲しいんだろう」

「ああ」

イライラとした様子で、今度は枕が投げ付けられる。

「私も、お前に惚れたから抱かれてもいいと言ってるんだ！」

俺はきっと、今とても間抜けな顔をしているだろう。

聞けるはずのなかった言葉を聞いて、それをどういう意味に取ったらいいのか迷っていたから。そのままストレートな意味に取ればいいのに、何か別の意味があるんじゃないかと考えてしまって。

「俺に惚れたって？　そいつは好きってことか？」

「そうだよ」

「愛してるってことか？」

「…ああ」

「本当に？」

「こんなところで嘘《うそ》を言ってどうする」

俺は手にしていた祠堂のワイシャツを投げ捨て、ベッドの乗り上がった。

「抱いたら、突っ込むぞ？」

「…好きにすればいいだろう」

「怪我をしてても、加減ができないと思う」

「怪我というほどのものじゃない。頬にさえ触れないでいてくれれば」

「ムチャクチャにするぞ？」

「嫌だったら、その時に蹴り出してやる」

「無理だ」

俺は祠堂の剝《む》き出しの肩を摑んだ。

「その程度で諦められる欲じゃない」

薄い肩。

滑らかで、温かい祠堂の肩。

「それなら、我慢しなければいい」

ふいっと横を向く頬に触れる。

柔らかく熱い頬。

ドアが開く。

ずっと閉ざされていた祠堂の部屋のドアが開く。

カワイイ恋愛の終わりがくる。

俺はもう待たなくていいのだ。

ドアを開けて中へ入ったら、なんてもう想像もしない。することは一つだ。

「お前が好きだ。抱かせろ」

顔を寄せ、腫れていない方の頬に唇を寄せる。

僅かな産毛が唇の先に触れる。

「…好きにすればいい」

その一言で、俺のタガは外れた。

「するさ」


何時から、俺のことが好きだったのかと問わなかった。

好意自体はもうとっくに感じていたから。

今は、そんなことよりも祠堂が欲しかった。

白い身体の腹の辺りに赤い痕。

軽く押して「痛むか?」と訊くと、彼は「別に」と答えた。

灼《や》けつくようなキスがしてやりたかったが、それだけは我慢しよう。

麻酔クリームを塗ったとはいえ、紫色になった頬は痛々しい。その腫れた左の頬を俺が気にしているると気づいたのか、祠堂はそちらを下にするように横を向いた
祠堂の肌には一度触れた。

彼が感じやすいことも知っている。

あの時、彼を悦《よろこ》ばせたくて、俺が奉仕した。

心に傷があると知って、自分との行為が嫌悪を生まなければいい、俺以外の人間としてもそれがごまかしや自棄でなければいいと思って、気持ちよくなるようにしてやったつもりだった。

だが、考え過ぎていたのかもしれない。

傷は、確かにあるだろう。

けれど、祠堂はそんなに弱い人間ではないようだ。

残った傷痕を、こんなものがあると笑って見せられる人間なのかもしれない。忘れられなくても、苦しみの理由にはしないでいられる人間なのかも。

頬と唇にキスできないから、顎にキスを贈る。

顎から、喉に唇を移す。

「痕をつけてもいいか？」

「見えないところになら」

喉に痕をつけたら色っぽいだろうと思ったが、釘をさされたのでキスを移動させる。

白い胸に、三つ目の赤い斑《はん》をつける。

「う」

「痛むか？」

「…怪我のせいじゃない。強く吸うからだ」

「強く吸わなきゃ痕にならない」

「所有欲か？」

「いいや。ただお前の肌にキスマークがあったら色っぽいだろうと思うからだ」

思った通りに花びらを置いたような赤い痕は綺麗だった。毛細血管の切れた、小さな点が集まって、星雲のようだ。

所有欲じゃないと言ったが、それもあるのかも。

いや、これを祠堂に残せるのは自分だけだという優越感か。

元からあった赤い斑、乳輪にキスをしてその先を口に含む。

今度は痛みを与えぬようにそっと吸って、舌で乳首を転がす。

下はまだ穿《は》いていたから、ゴソゴソと手を突っ込んで前を開ける。

手の中に重みを与える彼のモノを引き出し、軽く握る。

「ん…」

それは、すぐに硬くなった。

ずっとそこを揉みながら、キスで全身を愛撫する。

もう痕を残すようなことはしなかった。彼の腹には痛みを残すであろう痣《あざ》があったから。

それに触れぬよう、気をつけながらキスを続ける。

祠堂は、もどかしそうに膝を擦り合わせた。

「待て…、脱ぐから」

「下？」

「脱いだ方がいいだろう？」

「ああ」

「…赤目は脱がないのか？」

「脱いだらすぐに突っ込みそうだから、理性の結界としてもう少し着ておく」

「何だそれ？」

祠堂が笑うと、その結界も効かなくなる。

まだ身につけているズボンの中で、自分が頭をもたげるのがわかった。

けれど、合意で他人を迎え入れるのは初めてであろう祠堂を、怯えさせたくない。もし初めてでなくても、一番強く記憶に残るものが暴力なら、それを上書きしてやりたい。

「ちょっと待ってろ」

「…何？」

「男同士なら、入り用なものがあるだろ、色々と」

その一言で納得し、彼の手が離れる。

俺は一旦《いったん》ベッドをおりると、必要なものを取りに行った。

戻ったベッドに、肩を見せる祠堂がおとなしく待っていることが、妙に嬉しい。

掛けていた布団を剝ぎ取ると、反射的に彼は身体を隠した。

「バックからのが痛みは少ないが、後ろからは嫌なんだろう？」

「別にいい…。やりたいようにすれば」

「誘ってるか？」

「誘わなくてどうする。俺は受け入れるのは初めてだが、お前は何人も経験があるんだろう？」

それには返事ができない。

「だったら、他の者にしたことを拒むわけにはいかないじゃないか」

「じゃあ、つけ込もう。足を開いてくれ」

仰向けのまま、祠堂が脚を開く。

自分のあられもない姿を見たくないのか、視線は天井に向けられた。

屹立《きつりつ》した性器の奥に、望む場所がある。

俺は思わず生唾《つば》を飲み込んだ。

持ってきたコンドームの袋を破って、それを指に被せる。

ゼリーのついたそれは、抵抗を軽くする。

襞は、目の前で蠢いた。

それがそそる。

「痛くないようにするから、時間がかかるぜ」

言い置いてから、指をその中心に当てた。

「…う」

きゅっと、とそこが窄《すぼ》まるが、無視してゆっくりと奥へ進む。

拒むように固く閉ざされた場所を、円を描くようにしながら進んでゆく。

「あ…」

だが先を咥えさせるので精一杯だった。

精神的な恐怖もあるのだろう。

俺はそこを弄りながら、モノを口に含んだ。

「あ…」

前と後ろと、両方いっぺんに刺激してやる。

自分の方も、結構キていた。

だが先は長い。

今日焦ってこれから先を棒に振りたくないから、自制心を総動員させた。

まだ、だ。

舌を使う音をわざと聞かせる。

祠堂は、男と『寝る』こと自体は慣れてるようだが、自分が愛撫されることには慣れていないと見た。だから、それを意識させようとした。

一方的に快楽を与え、蕩《とろ》けさせたかった。

それに、ココは怪我をしていない。好きにやれる。

彼を咥え、吸い上げ、甘く噛み、同時にずっと後ろの菊門を弄る。

ここを菊門とはよく言ったものだ。窄んだ中心から広がる襞は、まさに菊花のようだ。

その花を、散らさぬようにゆっくりと責める。

何かを耐えるように息を詰めていた彼が、苦しくなって呼吸をする。それに合わせて下が緩む。その緩みを確認して指を入れる。

「ふ…、あ…」

尻《しり》の筋肉がヒクついて、花が形を変える。

指が呑まれてゆく。

一本だけで精一杯という狭さだ。それに、後ろに慣れていない祠堂のモノは、それ以上硬くならなかった。

俺はコンドームを残し中身の指だけを抜いて一旦そこを離した。

「…赤目？」

「いい。じっとしてろ」

前に彼が感じていた胸を再び攻める。

敢えて他の場所には触れず、小さな突起だけを弄り続ける。

祠堂が焦《じ》れるまで。彼が身悶《みもだ》えるまで。

「あ…、や…」

求めるように彼の手が俺に伸びる。

シャツを捲《めく》り、同じように胸に触れてくる。

だが愛撫というには拙《つたな》く、ただ撫でているだけだ。

ヘタなんじゃないだろう。ただ余裕がないのだ。

「ん…っ」

「俯せになれるか？」

祠堂はピクッと身体を硬くしたが、俺が手を添える必要もなく、自分で俯せた。

白い背中。

背骨が綺麗に湾曲し、くねっているのが美しい。

盛り上がった肩甲骨は、彼の呼吸に合わせて上下した。

「腰を上げてくれ」

言いなりに動き、彼が腰を高く掲げる。

多分、本人は気づいていないのだろう。まだそこにコンドームを咥えたままだということに。だらしなく垂れ下がるそれは、淫靡だった。

俺はもう一度その中に指を入れた。

今度は簡単に呑み込まれる。

指を入れたまま、誰とも知れない人間に犯されているのではないと示すため彼の腫れていない右の頬に顔を寄せた。

「祠堂」

耳元で名を呼ぶ。

「怖かったら言えよ」

「…怖くはない」

「だが嫌なんだろう？」

「…嫌なことを思い出すだけだ。でも…」

「でも？」

「こんなに丁寧にされてない…」

「…ムカつくな」

「え？」

「大山って男だ。捜し出して殴ってやりたい。お前は俺のものなのに。俺の大切な人間なのに。それを力で奪ったヤツがいるかと思うと、腸《はらわた》が煮えくり返るぜ」

ふふ…、と祠堂が笑った。その振動が伝わる。

「それじゃ私はお前が今まで寝た相手に同じことを言わなきゃな…ぁ…」

笑ったところを捕らえて、根元まで指を埋める。

「は…」

背をのけぞらせ、高く腰を上げ、彼が受け入れる。

中をかき回しながら抜き差しを始める。

「う…。ん…っ」

身体を支えてやるように前に回したもう一方の手で胸を弄る。

感じて、祠堂が首を振るから、髪が乱れ目を隠す。

だが見える口元は閉じたり開いたりし、そこから見え時折覗く赤い舌だけで十分に色っぽかった。

ああ、ダメだ。

やっぱり我慢がきかない。

手を離し、忙《せわ》しなくズボンの前を開ける。

さっきから臨界点ギリギリだった場所は、解放してやるとすぐに上を向いた。

「入れるぜ？」

「…き…くな…」

「だな」

シーツにしがみついている祠堂の手に、手を重ねて強く握ってやる。

それから、身体を起こして彼の腰を捕らえた。

指も、コンドームも引き抜くと、彼は小さく「あ」と声を上げた。

「祠堂」

名前を呼ぶ。

「祠堂」

繰り返して。

「祠堂」

何度も。

俺の姿が見えなくても、声を感じろ。

これからお前の中に入ってゆくのは、お前が迎え入れる人間だ。一方的に奪う者じゃない。お前が特別だと言ってくれた『俺』だ、と教えるように。

「…祠堂」

まだ狭い場所に、ローションの代わりに持ってきたものを当てる。

「冷た…。何…？」

「バターだ。ここではセックスはしないから準備がなかった」

「バ…」

「潤滑油は必要だろ？　お前は濡れないし」

塊を塗り付けたバターは、すぐに彼の体温で溶け、内股《また》を滴っていった。

「変…」

もう一度塗り付けてから自分の先端を当てる。

確かに少しひんやりとした感触があったが、俺の熱で溶けてゆく。

周囲の肉をひっぱり、穴をできるだけ広げる。呼吸に合わせて、そこはまだヒクついていた。それを淫《みだ》らな気分で眺めながら、タイミングを計る。

緩んで、窄まって、また緩んで。

彼が力を抜いた時、俺は一気にそこを貫いた。

「ああ…っ！」

グンッ、と祠堂の身体が反り返るから、その背にキスをした。

「や…ぁ…。い…っ」

「力を抜け」

「無理…な…」

「じゃ、逆に力を入れろ。腰を突き出すつもりで」

「ん…。は…ぁ…」

祠堂は、息を整えながら俺を呑み込もうと努力していた。どうすれば上手くできるか、入れる方では経験者だから理屈ではわかっているのだろう。

「お…っきい…」

「まだ全部じゃないぜ」

「…無理…」

「入るさ。ここは筋肉しかないんだ。骨でつかえてるわけじゃない」

「屁理屈を…」

彼の努力が内壁の動きになり、呼吸が締め付けとなる。入れる間は何とか我慢していたが、もう抜けないとわかると、ゆっくりと動いた。

「ん…」

「祠堂」

「呼ぶ…な…」

「声が聞こえてた方がいいだろう」

「…声を…聞かなくてもわかるから…。お前だって…、わかってるから…」

「じゃあお前が呼んでくれ、俺の名前を。求められてると感じたい」

「ばか…」

名前を呼ぶどころか、そう言ったまま、彼は口を閉ざしてしまった。

チェッ、それならせめて喘《あえ》ぎだけでも上げさせてやると、咥えさせたまま腰を揺らし、前を握る。

萎《な》えかけていたモノは、先端に刺激を与えると、すぐに硬さを取り戻した。

腰を揺すったお陰で彼に深く入ってゆくモノ。

繋がって、熱を重ねる。

俺もだんだんと抑えが効かなくなり、ただ揺らしていただけの腰を突き上げるように激しく動かし始めた。

「あ…、ん…っ。い…。奥に…。あ…。痛…」

目の前で変化する白い身体。

頑なに痛みと異物感に耐えて丸まっていた背中が、しなやかに伸びてくねってゆく。

痛みはあるだろうが、快楽もあるのだろう。それは手の中のモノが伝えていた。感じることができれば、それを享受することはできるのだろう。

祠堂の腰は俺を求めて動いた。

「あ…、あ…」

手が濡れる。

彼が露を零《こぼ》す。

「あ…」

何度も突き上げ、彼を犯す。

「あか…め…」

腰を進めることで、こいつの全てが手に入る、そう思えて。

「赤目…、赤目…」

その上名前を呼ばれ。

「いい…ッ！」

行為を肯定する悦びの声に、俺も感極まった。

「祠堂」

深く収め、彼の内壁の収斂《しゅうれん》を感じながら握った祠堂の先を爪《つめ》で軽く引っ掻《か》く。

後は、互いに相手の肉体からの悦楽を求め、貪《むさぼ》り、身体の内側で渦を成していた熱を吐きだし、心を満たした。

好きだ、という気持ちと、やっと手に入れたという気持ちで。

「赤目のことは…、好きだった」

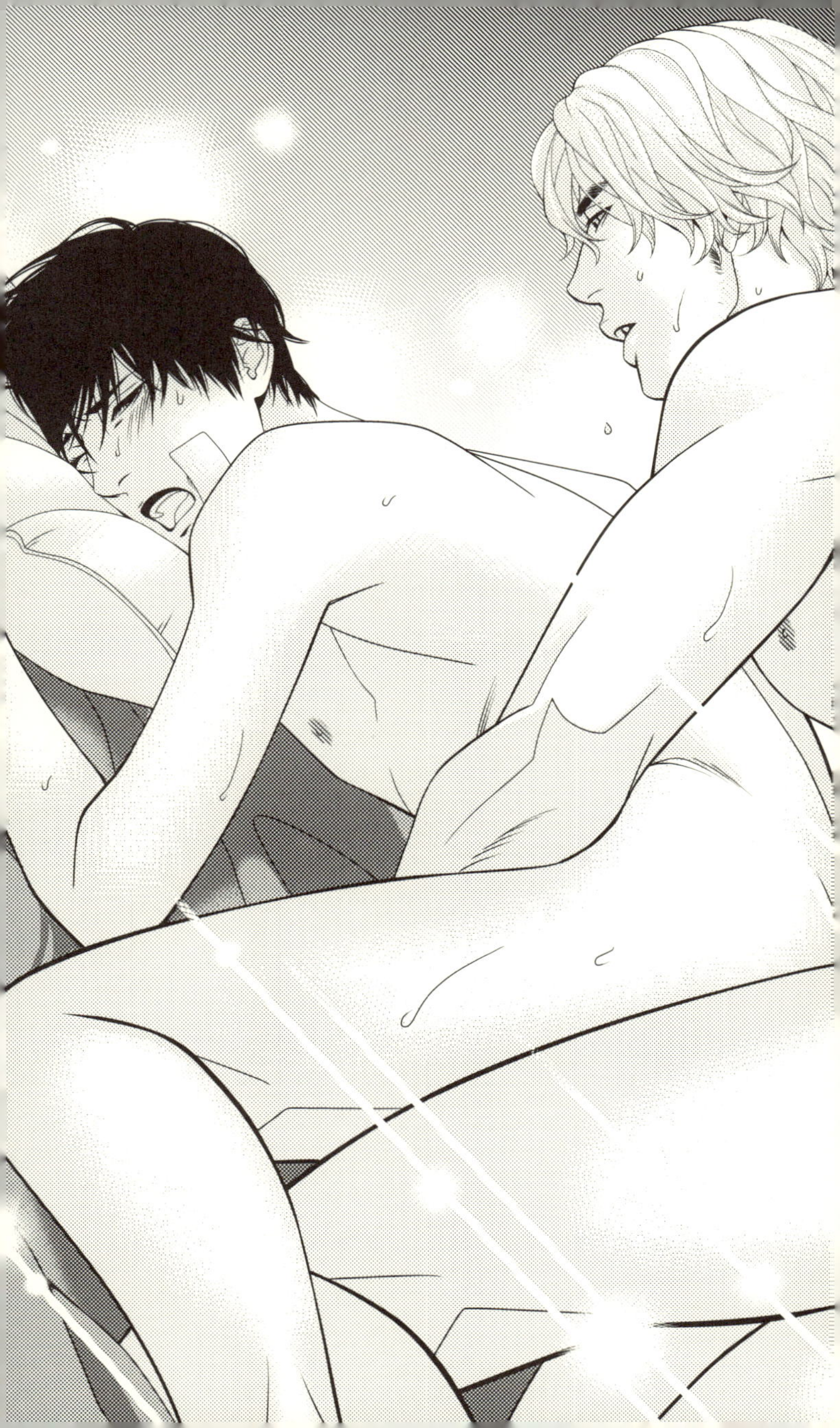

心地よく疲れた身体を並べて横たえ、眠りが訪れるのを待つ間、祠堂はポツポツと呟くように語り始めた。

「過去形か？」

「過去形だ。それは男としてお前の自由と奔放さに憧れた『好き』だから。お前について来る人間の気持ちがわかる。お前は自由だ。何者にも縛られない。会社や、肉親や、地位や金や。普段自分達が執着しているものに捕らわれない姿に、みんな憧れるんだ」

腕枕をしてやろうと、身体を抱き寄せると、彼は頭を擦り付けるように俺の胸に置いた。これじゃ腕枕じゃないな、と思ったが、この方がいい。

「みんなこの自由な男の友人でいたい、憧れてる男に振り向いて、認めてもらいたいと思うんだ。そうすれば自分の価値も上がる気がして。私も、そうだった。赤目と過ごして、自分を認めてもらいたかった。赤目を鏡にして、自分を認めたかった」

「自分を認められないのか？」

明かりは枕元のライト一つ。

その仄《ほの》かな光に照らされる彼の顔は綺麗だと思った。

「同性愛者であることも、力で身体を奪われたことも、噂に負けて会社を逃げ出したことも、自分にとっては胸を張れることではなかった」

「どれもお前が悪いことじゃないじゃないか」

彼の頭が揺れる。

笑ってる。

「そう言ってくれるのが嬉しい。赤目が優しいから、私を特別に扱ってくれるから、とてもいい気分だった。誰かに、純粋な好意を向けられて嬉しいと思うのは…、多分初めてだ」

手が、胸を撫でる。

官能ではない、優しい動きだ。

「初めて？　センパイってのは？」

「半分は同じ嗜好の人がいたという安心感、残りの半分は好奇心だったかな。それを恋愛だと思おうとしていたんだと思う。多分相手も。マイノリティだからな」

こんなに世間でゲイだオカマだともて囃《はや》されても、実生活では認知されにくいということか。

「『好き』の形が『恋』に変わっていったのが何時だったかはわからない。でもお前が欲しいと思ったのがいつなのかはわかってる。お前が助けにきてくれた時だ。あの時…、この男が自分を好きだと言ってくれてるのが嬉しいと感じた。この男を自分のものにしたい、他の男に渡したくないと思った。そのためなら自分の身体を使ってもいいとさえ思った」

「嬉しい言葉だ」

「今も、本音をいえば受け入れることは怖い。逃げ回るほどじゃないが、暴力の記憶は残ってる。だがそれを凌駕《りょうが》してでも赤目を自分のものにしたかった。そのくらいの犠牲なら払えると」

「俺に惚れたわけだ」

少し気恥ずかしくて茶化すと、胸にあった彼の指が肌に爪を立てた。

「痛っ」

「カッコイイと言っただろう？　あれは本心だ。とても…、カッコよかったよ」

その手より、言葉がむず痒《がゆ》い。

「助けてもらった礼だと思われたくないから、一度だけはっきり言っておきたかったんだ」

「お前を感じた後に、そんなこと疑ったりしないさ」

身体は正直だ、というセリフは呑み込んだ。また引っ掻かれそうだから。

「もう、他の男を…、女も抱くなよ？」

甘えるような声に、またむず痒くなる。

嬉しくて、照れ臭くて。

「必要ない。お前が抱ければいい」

「俺も、もうお前だけでいい。そう頻繁に挿入れるのは身体がもたないが」

「次からはもっとちゃんと準備しとく。俺は上手いんだぜ」

「誰で上手くなったのかを考えると腹立たしいから、ヘタでいい」

「それは男の沽券《こけん》にかかわる」

「俺が捨てさせられたものだ。どうでもいいよ」

「捨ててなんかいないさ。お前もカッコいいぜ。酷い目にあっても、こうしてちゃんと俺に手を伸ばしてくれたことが、お前の強さだ」

祠堂は答えなかった。

肯定できなかったか？　と思っていると、小さく呟く声が聞こえた。

「お前が、普通の男でよかった。手が届かないと諦めずに済んで…」

そしてその言葉は静かな寝息に消えた。

「俺も、お前が会社を辞めてこの街へ来てくれてよかったと思ってるぜ」

俺の言葉も聞かずに…。

「恋人になったんだから、一緒に暮らさないか？」

事務所のドアを直し、ついでに新しい応接セットを入れた真壁不動産で、いつもの昼飯を食い終えた後、俺は祠堂に言ってみた。

喜んでくれるかと思ったのに、祠堂はこれまた新しくした眼鏡の向こうで難しい顔をした。

「赤目のことを何にも知らないのに、無理だな」

「知りたいことは何でも教えてやるぞ？」

「じゃ、名刺入れの中身を出してくれ」

「名刺入れ？」

「お前の友好関係を知りたいから」

「まあ別にいいぜ。見られて困るものはないし」

ポケットの中から名刺入れを出して渡す。

祠堂はその中身をチェックしながら、益々《ますます》難しい顔をした。

…マズイものはないはずなのに。

「医者、弁護士、情報管理会社の社長、不動産屋に飲料メーカーの課長、自動車修理工場の社長に教師、電気屋、パン屋、ラーメン屋。どれだけ付き合いが広いんだ」

「それは昔のダチだ。お前を助けに行ったメンバーだな」

「元暴走族の友人達がそれぞれに成功したわけか。努力の結果だな。だがその殆どの会社の代表取締役だの社外顧問になってる名刺があるのはどういうわけだ？」

「それはみんな向こうが勝手につけた役職だ。報酬だってもらってないって言ってるだろ」

「何でそんなことする必要がある？」

「恩返しみたいなもんだろ。俺がふらふらしてるから、イザって時にバカにされないようにわかりやすい肩書をプレゼントしようって。国分を黙らせるのにも役に立っただろ？」

「…まあ。確かに。族のリーダーをバカにされたくないと考えるのはわかるから、それはいいとしよう。だがこれは？」

彼が一枚取り出したのは、堀尾の息子のだった。

「先日、堀尾さんから、うちを推したのは赤目だと聞かされたが、本当にお前が口添えしたのか」

「あれは真壁のじいさんを推したんだ。地元の古株に任せるといいって。別にお前じゃない」

「そんなに堀尾さんと親しいのか？」

「先日亡くなったじいさんとな。若い頃、あそこの駐車場でたむろってて、偶然放火犯を捕まえたことがあるんだ。それで信頼されてちょこちょこ」

「これも元暴走族？」

次に抜き出したのは、政治家のものだった。

「それは仕事相手だ。お届け先だな」

「普通、宅配便に名刺は渡さないだろう」

「そこはそれ、色々なお届けものがあるから」

名刺をくれた人間は付き合いが表沙汰になってもかまわないと思ってる連中なので、隠す必要はない。こっそりと付き合いたいと思ってる奴等は証拠が残るようなものはくれない。

「この中の誰にブルースターの後始末を頼んだ？　後で仕返しされたり、何かを要求されるようなことはないのか？」

少し不安げに彼が聞いたので、ようやく祠堂の意図がわかった。

そのことが心配だったのだ。

自分を助けるために、俺が何かマイナスを被ったのではないかと。

「安心しろ、見返りの要求はこれからも将棋の勉強はしないってことと、仕事が入っても呼び出しを優先させるってことだけだから」

「将棋？」

「将棋仲間なんだ。黒田ってフィクサーのじいさんで、丁度俺に勝てる程度の腕だから」

「黒田？　フィクサー？　黒田ってあの新聞にも名前の出る黒田聖三郎《せいざぶろう》？」

「へえ、じいさん聖三郎って言うんだ」

「今の総理を総裁に押し上げた立役者と言われてる大物じゃないか。どうしてお前が…」

「仕事相手だよ。名刺ももらえない付き合いだぜ」

祠堂は呆れたように口を開けた。

「…やっぱり、お前と一緒に住むのは無理だ」

「どうして？」

「人間関係がわからなさ過ぎる」

「俺にどんな友人がいたって関係ないじゃねぇか」

「付き合うには畏《おそ》れ多い」

「俺が畏れ多いわけじゃないだろ。俺は普通の人間だ」

「大物フィクサーの友人でも？」

「友人ってわけじゃない。ビジネスライクな付き合いだ。俺の友人にどんな人間がいたって、俺は俺だ。会社の社長とか、ビルのオーナーとかって肩書も、オマケみたいなもんだ」

「ビルのオーナー？」

ピクッ、と彼の眉が動く。

「それも聞いてないな。何のことだ？」

「何って…、マンションは俺のものだって言ってなかったか？　借り手が出ないから自分で住むことにしたって」

「借り手がいないからお前が使うことになったとは言ったが、ビル自体がお前のものだとは言わなかった。それも『お友達』が勝手くれたのか？」

「まさか。自分で稼いだ金だ。ＦＸやって大儲《おおもう》けしたんで。でも税金が後から来て、大変だったな。ＦＸも税金かかるんだな」

「当たり前だ」

「だから、同居がダメならうちのマンションに引っ越して来るって手もあるぜ。部屋が空いたらすぐに知らせる」

「…他に俺に言っておくことはないのか？」

「持ってる資格は車とバイクの免許だってことか？　あと英検が四級とソロバンが六級」

「茶化すな」

「茶化してないぜ、本当のことだ。俺は単なるバイク便の兄ちゃんで、しがない運び屋だ。それで満足してる平凡な人間だよ。そしてお前は平凡な不動産屋」

納得しかねるという顔でまだ睨むから、俺はテーブルを回って彼の隣に席を移した。

「俺達は似合いのカップルだと思うぜ。どこにでもいる、極めて普通な。だから、普通の恋人として、側にいようと言ってるんだ」

何もなくていい。

恋人だけいればいい。

恋人がいる、というだけでも俺には特別なことだ。

いや、それが一番特別なことだ。

だから、俺は彼の肩を抱き囁いた。

「俺の側へ来い。一生幸せにしてくれ」

「する、じゃなくて？」

「お前の幸せが何だかわかんないから、幸せにできるかどうかわからない。だが俺の幸せはわかってる。手の届くところにいつもお前がいることだ」

その言葉に、祠堂は諦めたように肩の力を抜いた。

「私の幸せは、取り敢えずお前が私に隠し事をしたり嘘をついたりしないことだな。それから…」

ふいに彼が横向き、俺にキスする。

「俺も一緒だ。目の届くところに恋人がいてくれることだ」

「それじゃ」

「…マンションの部屋が空いたら、引っ越してやるよ。赤目のことはまだ理解できないが、手放したくないとは思うから」

ありきたりでいい。

平凡でいい。

恋こそが非凡だから。

「愛してるぜ」

さりげなく交わすキスが甘いことが、特別なのだから…。

メガネごしの恋人

どうして自分がこんな目に遭うのか、と暗い気分だった。

勤めていた会社で、ゲイであることが上司にバレた上、同じ嗜好《しこう》なんだからいいだろうと迫られたのが最初。

自分はタチなので相手はできないとはっきり断ると、その上司に一服盛られて強姦《ごうかん》された。それだけでもショックだったのに、襲われた時を写真に撮られていて、メールで社内にバラ撒《ま》かれた。見ていたなら助けてくれればよかったのに、誰《だれ》だかわからないその人物は、私《わたし》を追い落とすことを選んだのだ。

そしてそれを見た人々は、こそこそと私を見ては囁《ささや》き交わし、距離を取るようになった。

つい数日前まで、気のいい上司、親しい同僚だった人間が、全く別のものに変わる。

心底同性愛者が嫌いな人間がそんなにいるわけではない。ただ、異質だというレッテルを貼《は》られただけだ。それだけのことで、みんな態度を変える。

仕事で失敗をしたわけでも、誰かにしつこく迫ったりケンカをしたわけでもないのに。

それが怖かった。

人は、他人の不幸を見過ごすのだろうか。他愛《たわい》ない理由でそれまでの付き合いを無しにしてしまえるのだろうか？　他人の人生を好きなように扱いたいと考えるのだろうか？

『人』というものが怖くなり、ついには会社を辞めることを決めた。

住まいは、社宅の独身寮だった。

だから会社を辞めると共に住居も失うことになる。猶予は一週間だけだった。

鬱々《うつうつ》たる気持ちで街を彷徨《さまよ》い歩き、ふと目に入った不動産屋の看板に足を止めて入ったのは、そういう状況だったからだ。

普段は足を向けることのない繁華街の、初めて見る不動産屋。

以前、テレビでこういうところの不動産屋は保証人がいなくてもいい、即日入居可能な物件を扱っていると聞いた。

ここなら、すぐに転居できる物件があるかもしれない。

なければ、有名なチェーンの店へでも行こうと思いながら細い階段を上ってゆき、扉を開けると恰《かっ》幅《ぷく》のいい老人が座っていた。

「こらまた、珍しいタイプのお客さんだな。どうぞ、どうぞ」

老人は、私をソファに座らせると、自分もデスクの向こうから出て来て向かい側に座った。

「はい、はい。それで、どういうご用件ですか？」

「部屋を…、すぐに借りたいんです」

「お仕事先はこの近くで？」

「今は、無職です」

「ほう。そうは見えませんがね。ご立派なサラリーマンに見えますよ」

「つい先日まではね。でも退職したんです。社員寮だったんですぐに出なくちゃならなくて」

「そいつは大変ですな。新しい勤め先は？」

「まだ決まってません。勤め先が決まってないと、部屋は借りられませんか？」

ダメだろうな、と思っていたが、老人は笑った。

「いやいや。現金をお持ちでしたら、大丈夫。持ってなければ稼げばよろしい。色々ありますから、お茶でも飲みながらじっくり話しましょうか」

その老人が、真壁不動産《まかべふどうさん》の社長、真壁老人だった。

真壁社長は、お茶を飲みながら巧みに私の事情を聞き出し、私がゲイであること、そのせいで会社を辞めなければならなくなったことを聞き出した。

こちらも、誰かに言ってしまいたかったからかもしれない。

そして、話を聞き終えると、老人は言った。

「お部屋もいいのがありますが、勤め先もいいのがありますよ。よかったら就職してみませんか？」

と言い出した。

「勤め先、ですか？　でも私は飲食店は…」

「いやいや。飲食店じゃありません。ここですよ。あなたはどうやら真面目《まじめ》な人のようです。だが、会社の同僚や上司には辟易《へきえき》してるでしょう？　ここなら一人でできますよ」

「は…？」

「私もこの齢《とし》でしょう。そろそろ引退したいと思ってたんですが、いい跡継ぎがいなくてねぇ。どうです？　暫《しばら》くだけでもやってみませんか？」

今日出会ったばかりの人間を誘うなんて、ノリが軽すぎると思ったが、後で聞くとちゃんと理由があった。

ここいらは利権が色々と絡んでいる。募集をかけてやってきた人間だと、別の人間の手下だったり、何か下心があってやって来る者もいる。

飛び込みでやってきた私なら、まさかそんな繋《つな》がりはないだろう。

完璧《かんぺき》な人間は胡散《うさん》臭い。だが私には同性愛者で弾《はじ》かれたという見える傷がある。自分は同性愛なんて気にならないのだから、そんなものは問題にならない。

見たところ真面目そうで、すぐに新しい就職先も決められるだろう。だから今声をかけなければ。

実際どう働くかは暫く雇って判断すればいい。そう思ったそうだ。

「それに今ここで君に手を差し出しておかないと、祠《し》堂《どう》くんは世間を全《すべ》て嫌いになってしまいそうな顔をしていたからね」

そんなわけで、私は全くの畑違い、縁故も何もない真壁不動産で働くことになった。

繁華街近くのこの店で働いてから、私は自分の過去が気にならなくなった。

何故《なぜ》って、ここに来る人間はもっと複雑な事情をかかえている者が多かったからだ。

親の借金を背負わされて働く者、早くに両親を亡くして自立するしかなかった者。実の父親に強姦されそうになって逃げてきた女性。

享楽的に生きたいがために水商売に身を投じた女性は、地元で悪い噂《うわさ》を立てられたから新しい土地に来たのだと楽しそうに話す。

何も考えてないけど、とにかく人の集まるところに来れば何とかなるかと思ったと笑う青年。

世の中には、色んな人間がいて、色んな問題があるのだと知った。

どんな問題も、過ぎてしまえばさほど深刻になることはないのかも、という気にさせられた。

死にたいほど苦しいと思っていたことが、思い出すとため息が出る程度には癒《いや》された。

そんな中、出会ったのが赤目《あかめ》という男だった。

バイク便屋だというこの男は、体格もよく顔も悪くなく、快活で人懐こいが、その分図々《ずうずう》しい。

金銭に執着はなく、権威におもねることもない。たった一人でやってるせいか、勤務時間も自由にして、空き時間にはうなぎを食べに浜松《はままつ》まで行ったとか言う自由人なくせに、妙に礼儀正しいところもある。

面白《おもしろ》い男だ、とは思った。

こんなふうに生きていける人生もあるのだと思った。

周囲の反応を気にしながら、型にはまって生きることは当然だと思っていた自分にとって、何ものにも捕らわれない彼は、男として憧《あこが》れた。

自分がそうなりたいとは思わないが…。

一人で働くというのは、他者から害されることもないが、語らうこともできないということだ。

だから、赤目が事務所を訪れてくれるのは、心の中では歓迎していた。

彼の軽口が、心を和ませてくれた。

お互いがゲイであるとわかってからは、馴《な》れ馴れしくされ、あまつさえ口説いてさえきたが、自分の性癖を隠さずに付き合える人間だということで、親しくなっていった。

男としての欲望を優先させる方だったので、彼の望みを叶《かな》えることはできなかったが。

好きだという言葉を、惜しみなく与えてくれる。

好きだと言いながら、押し付けはしない。

本気か冗談かと問えば、まだ本気じゃないが、本気になりかけてると、その曖昧《あいまい》な気持ちをはっきりと説明してくれる。

仕事とはいえ、私の嫌がることを手伝ってくれたり、私の過去を知り、悪《あ》し様《ざま》に言ってきたかつての同僚からさりげなく守ってくれたり。

その同僚が暴漢に変貌《へんぼう》した時に助けてくれたり…。

彼は、カッコイイ男だった。

それだけに、彼に与《くみ》することは、自分が弱い人間になってしまうのではないかという不安から、赤目を『そういう意味』で受け入れることはできなかった。

あの時…。

突然入ってきたヤクザに誘拐された時、殺されることを覚悟した。

地元の資産家の建てる新しい物件の取り扱いを巡って、何度か『それをうちに譲れ』という電話をもらっていた。

その相手の会社が、あまり評判のいい会社ではないことも知っていた。

だが、私が今まで生きてきた人生の中に、『ヤクザ』とか『誘拐』『拉致《らち》』などという言葉は存在せず、まさか踏み込まれるなんて考えもしなかった。

見知らぬ場所へ運ばれ、「殺すぞ」と脅され、殴られた時は、本当にここで死ぬのだと覚悟した。

ああ、こんなことなら、一度ぐらい赤目の望みを叶えてやればよかった。

私が死んだら、あの男はきっと泣いてくれるだろう。

彼の泣き顔を見たくない。

彼に知られずに死にたくない。

「こんなとこに助けに来る人間はいねぇよ。ほら、堀尾《ほりお》に電話して、全てを星川《ほしかわ》さんに譲りますと言いな」

ヤクザと接点がなくても、彼らが、言う通りにしたからと言って私を解放するつもりがないことぐらいは想像がついた。言いなりになる、というのは暴力が早く終わるというだけのことで、最悪の結末が早くなるというだけのことだ。

「綺麗《きれい》な顔してんだから、まだまだ人生楽しみたいだろ？」

楽しみたい。

楽しみたかった。

「しぶといな」

「もういいからやっちゃいましょうよ。あんなヤツいなくなったって探すもんもいないでしょう」

「警察がうるさいからな、静かにやりてぇんだが…」

「それこそ、生かしておいたら警察に駆け込むかもしれませんよ」

でももう…。

諦《あきら》め掛けた時、大きな音が部屋に響いた。

「誰だ！」

一斉に音のした方へ男達《たち》の視線が向く。

自分も、転がされていた身体《からだ》を捻《ひね》ってそちらを見た。

赤目は、何度も私を助けにきてくれた。

何度も、自分に助けを求めろと言った。

けれど、こんな時まで、こんなところまで、彼が助けに来てくれると思わなかった。

助けに来る、他愛ない約束。

彼だって、こんな状況は想定していなかっただろう。なのにどうやってかわからないが、ここまで探してきてくれた。

ヤクザなどものともせず、こちらへ向かってくる姿に、胸が熱くなった。

「そいつは俺《おれ》のもんだ」

彼がその言葉を口にした時、もういいと思った。

この男のものになってもいい、と。

この男が、まだ俺を好きだと言ってくれるなら、まだ自分を望んでくれるなら、全てをくれてやってもいい。

いいや、全てを投げ出してでも、彼が欲しい。

赤目がいれば、きっとどんなことでも耐えられる。

一度は、自分が身を置いた世界から排斥され、人を信じることは辛《つら》いと思った。でも、赤目なら、そんなことはしないだろう、と。

助け出され、彼の部屋へ運ばれた時、自分も彼を好きだと告げた。

お前になら抱かれてもいいと。

赤目は、私の申し出を喜んでくれた。

強く求め、抱いてくれた。

抱いたことはあっても、抱かれたことはほぼないと言ってよかったから、慣れた彼に抱かれたことは予想以上の快感だった。

自分の選んだ結果は間違いではなかったと思うほどに。

もっとも、すぐ図に乗る赤目に手札は見せないが。

恋人になってもいい。

ずっと一緒にいてもいい。

彼にからかわれたり、一緒に食事をしたり、抱かれたり、愛を囁いたりしてもいい。

そういう生活も楽しいかもしれない。

赤目といると、そんなふうに思えるようになった。

だが…。

それはそれ、これはこれだ。


「旅行に行こう」

と赤目が言い出した時、私は今は忙しいと断るつもりだった。

「例の事故物件のお礼、まだもらってないだろ？　お前が休みの間、真壁のじいさんが店番してくれるって約束も取り付けた。祠堂は大変な目にあったんだから休みをよこせって交渉してやったんだぜ。だから、旅行に行こう」

確かに、約束した。

あの足を踏み入れたくない部屋の検分と、警察の立ち会いを任せた時に。

あの時は、まだ自分達の間に距離があった。

だから、旅行に行って、そういう雰囲気になっても、自分が拒めば彼が強引に出ることはないだろうと思っていた。

だから了解したのだ。

けれど今は違う。自分達は恋人で、自分が拒んでも彼は強引に出る許可を持っている。『恋人なんだからいいだろ』という魔法の言葉を持っている。

そして自分も、彼に望まれたら拒み通す自信がない。

赤目のことは本当に好きだし、彼とのセックスは悪いものではないから。

「凄《すご》いいい旅館なんだぜ。個室露天風呂《ぶろ》付き」

「…また散財して」

「タダだぜ。ご招待券譲ってもらったから」

「また舎弟に？」

「舎弟って言うな、ダチだ。オトモダチの一人がパーティのビンゴの景品でもらったが、行く暇がなくて期限が切れちゃうんだってよ。もったいないだろ？」

お膳《ぜん》立てを全て整えてから話を持ってくるところが嫌だ。普段は軽いノリで何も考えていないようなのに、突然こういうふうに根回しされると全てが計画的な気がして、自分がうまうまとそれにはまってるような気になる。

「約束、だろ？」

追い詰められる。逃げられない。

「…わかった。いいだろう」

「よし。最高の旅行にしてやるぜ」

負けっぱなしだ。

このままでいくと、自分はいつか彼に隷属してしまう気がする。

赤目は元々暴走族のリーダーをしていたというからカリスマ性もある。人懐こさと素直さで相手の警戒心を解くのも上手《うま》い。

彼を好きだという自分の気持ちもあって、彼の願いを叶えることに抵抗がなくなっていく。

赤目を手に入れるために抱かれることを受け入れるとは言っても、気持ちで下位に回るのは男としての矜持《きょうじ》が許さない。

自分で、わかっているのだ。

一度膝《ひざ》をついたら、きっと自分は彼のいいなりになってしまうだろう。

彼なしでは生きていけないと思うかもしれない。女のように、抱かれることだけに喜びを見いだしてしまうかも。

他者に頼って生きるなど、自分らしくない。

だからこの強気を崩すわけにはいかないのだ。

「往復の交通費もお前持ちなんだろうな？」

「バイクでタンデムにしようぜ。メットは専用の買ってやるよ」

彼に甘え過ぎないようにしないと。


最高の旅行にする、と赤目は言った。

確かに、今回の旅は今まで行ったどの旅行とも違っていた。

まず、恋人と旅行するなんて初めてだったこと。

バイクの後ろに乗るなんていうのも初めてだ。だがタンデムだったおかげで、人前で彼に抱き着いていられたのも新鮮だった。

電車での旅もいいが、バイクだと何時《いつ》でもどこでも寄り道ができるというのも利点だ。

さんざんバイクで走り回ったという赤目は、面白いところを色々知っていて、高速道路で目的地へまっしぐらではなく、風光明媚《めいび》な場所、美味《おい》しい隠れ家レストランなどへ案内してくれた。

到着した旅館は、豪華だった。

大きな日本旅館。男二人での旅は勘ぐられるのでは、という微《かす》かな不安もあったが、それは赤目が招待チケットを提示した時に軽く口にした。

「平日休みが取れるのが男二人なんで、味気無い旅だ」

フロントの年配の女性も、動じた様子もなく応じる。

「殿方にはたまには禁欲的な時間も必要ですよ」

そしてこう付け足した。

「一度お試しくださいませ」

赤目には禁欲的という言葉が似合わないと見たのだろう。

自分達が二人でいること自体が禁欲にはならないのだが。

通された部屋は三間続きの和室。専用の小庭があって、そこに張り出すように露天の風呂が付いている。客室の全ては離れになっていて、渡り廊下でフロントのある母屋に繋がっているが、他《ほか》の部屋とは繋がってはいない。

ここで何をしようと、他人の耳目を気にする必要はないようだ。

道草のせいで到着が遅くなったので、夕食はすぐだったが、山海の珍味がテーブル狭しと並べられ、どれも満足のいく美味しさだった。

「母屋に大浴場もあるぜ。後で行こう」

二人きりになったらすぐに迫って来るかと思った彼がそんなふうに誘ってくれたので、張り詰めていた気が緩む。

「その後で一杯飲もう」

酒を頼んでから大浴場へ行き、泳げそうな桧《ひのき》の風呂でゆったりと身体の疲れを取る。

さすがに赤目も何時他人が入ってくるかわからない場所では変なこともしなかったし。

楽しかった。

悔しいけれど、本当に最高の旅行だと言ってやってもよかった。

問題は、部屋に戻って酒を酌み交わし始めてからだ。

「もう呼ぶまで誰も来ないから、向かい合って座るなんてもったいないことは止《や》めて、隣に座れよ」

「隣に座りたかったら、そっちが来ればいいだろう」

「じゃ、そうする」

小さな厭味《いやみ》を軽く流して、赤目はテーブルを回って私の隣に身を寄せた。

隣の部屋には既に布団が敷かれている。二つ並んだ布団は、『夜』を意識させる。

「浴衣、色っぽいな」

自然な動きで、彼の手が腰に回ってくる。

引き寄せられ、軽く口づけられるからふいっと横を向く。

「まだ早い」

「せっかくの浴衣なのに？」

旅館の浴衣に着替えたのは、決して彼のためではない。旅の汚れを落としたのだから着替えるのは当然だ。

赤目はまだTシャツにデニムのままだった。さすがにシャツは昼間とは違っていたが。

「お褒めいただきありがたいが、お前はどうして着ないんだ？」

「苦手なんだ」

「着付けてやるぞ？　お前だってきっと似合うだろう」

「手取り足取り？　でも止めておくよ」

彼は肩を竦《すく》めて拒否した。

珍しい。

どんなことでも受け入れるのに。

「どうして？　着物が嫌いなのか？　だとしても旅館の浴衣ぐらい…」

「別に嫌いじゃない。ただ今は着ない」

「どうして？」

私はもう一度繰り返して訊《き》いた。

「浴衣が似合えば、その気になるかも知れないのに」

彼が嫌がるから、敢《あ》えてそう言って誘ってみたのだが、赤目は口を曲げただけだった。

「似合えば、な」

「自信がないのか？」

「そういうわけじゃない」

「じゃ何だ？　私を色っぽいというなら、お前も色っぽいところを見せてくれよ」

「色っぽくなるなら見せるさ」

「着てみなければわからないだろう？」

「わかる。いつもそうなんだ」

「何が？」

赤目は手にしていたビールをグッと一気に飲み干した。

「短いんだよ、浴衣が」

私は目の前の赤目の身体を見た。

確かに、体格もいいし背も私より高い。既製品では少し丈が足りないかもしれない。

「つんつるてんの格好じゃ、色気どころか笑うだろう。だから浴衣はいいんだ」

「いいじゃないか。座ってしまえばわからない。着るだけ着てみろよ」

「笑わないか？」

「笑わない」

嫌がるから着せたい。ただそれだけの気持ちで言った。これだけの旅館だ、言えば特大サイズの浴衣ぐらい用意はあるだろうが、そのことは黙って。

ずっと彼に振り回されっぱなしで、赤目のすることに従ってばかりだったから、こんなことででも溜飲《りゅういん》を下げようと思ったのだ。

何せ、彼を拒むことができなかったので、江戸の敵を長崎で、というわけだ。

渋々と着替えに行った赤目が戻ると、彼が嫌がった理由がわかった。

凄く短いわけではない。くるぶしと、臑《すね》の下が少し見える程度だ。だがその微妙な足りなさが、確かに滑稽《こっけい》だった。

「おかしいだろ?」

着替えて戻ってきた彼は、落ち着かなさげに言う。

「笑ったりするものか。可愛いじゃないか」

いつも完璧な『男』である彼の子供っぽさに微笑《ほほえ》む。

「可愛いとか言うな」

「どうして?」

私は手を伸ばして彼の足首を取った。

バランスを取るように赤目が足を上げる。風呂上がりの足は滑らかで、赤目の足首ではないみたいだった。

「ふぅん…、こういうのもありかな?」

「祠堂?」

イタズラ心が起きて、私は彼の足の甲に口づけた。

「私はお前が好きだから、自分の矜持を曲げてお前に抱かれた。では、お前は?」

「…え？」

「赤目は私のために、身を投げ出してくれるのかな？」

赤目の顔が一瞬にして凍りつく。

「…俺が、抱かれる方？」

「男同士なんだから、リバーシブルでもいいだろう？」

もちろん、本気ではなかった。

彼をからかうのは面白いし、捕らえた足は触り心地がいい。けれど、この大男相手に突っ込む気になるかといえば話は別だ。

でも赤目は、本気に捉《とら》えていた。

「ま…、待てよ」

「赤目は私を愛しているんだろう？」

「愛してる。愛してるが…」

捕らえた足を抜こうとするが、これでも非力というわけではない。がっちり捕らえて放すものか。

「座れよ。私の隣にきたいんだろう？」

足を引っ張って腰を下ろすように促す。

赤目と付き合ってから初めて見る、彼の怯《おび》えた顔。

こういう時、自分は男なのだと実感する。相手を追い詰めて、自分の意のままにしてやりたいという欲望を感じる時だ。

「赤目」

名を呼び、もう一度足を引くと、彼は座った。

「私のためなら何でもしてくれるんじゃないのか?」

「…そんなこと言ってないだろ」

「じゃ、今訊こう。私のために何でもしてくれる気持ちは?」

赤目の口が『へ』の字に曲がる。

「そりゃあるが…」

面白がって、私は彼の開いた襟元から手を入れた。

厚く硬い胸板。そこに顔を埋《うず》めてキスをする。

「くすぐったい」

「男だって、胸で感じるんだろう? もっと色っぽい声を上げてくれよ」

「待て。な? 俺なんか襲っても全然面白くないぞ。使ったことないからケツだって硬いし」

「赤目の初めての男になれるのは嬉《うれ》しいな」

胸に入れた手を動かし、内側から浴衣の肩を落とす。

「冗談はよせって」

「冗談なものか。私だってお前を愛してるんだ」

「そいつは嬉しいが…」

「夜は長い。まずは私がお前にして、それでお互い満足できなかったら、交替してもいいぞ？」

「そういう問題じゃなくてだな。俺はお前を…」

「愛してるんだろう？」

困った顔の赤目が可愛い。

私も酔ったかな？

「わかった。じゃあこうしよう。俺が先だ。俺がお前を抱く。満足できなかったら交替してやる。この旅行は俺が誘ったんだから、俺に優先権があっていいはずだ」

「どうするかな…？」

赤目のいいところは、人の言葉を真面目に聞いてくれるところだ。いつもは軽い調子で会話するのに、こんなジョークまで真剣に聞いている。だからこんなに慌てているのだと思うと、嬉しかった。

赤目は、私の意思を無視したりしない。

それは、一度心を踏み付けにされ、身体を奪われた自分にとって何よりのことだった。

「俺の方がお前に惚《ほ》れてる。だから、俺の言葉が優先されるべきだ」

「…どういう理屈だ」

「欲望が強い方が先だってことだ」

「私の愛を疑うのか？」

「そうじゃない。ただ、抱かれてもいいという気持ちより、抱きたいという気持ちの方が勝ってる俺のことをわかってくれと言ってるんだ。祠堂は、今ちょっとその気になっただけだろう？　だが俺はもうずっとお前を欲しかった」

赤目の手が、私の手首を捕らえてくるりと身体を反転させる。

形勢逆転、攻守替わって今度は私が彼に組み敷かれる形になる。

「お前が俺を本気で抱きたいというなら、…ほんの少しだけ考えてやる」

「ほんの少し？」

「…ちゃんと考える。だが、その勇気が出せるのは、お前を味わってからだ」

「本気で私に抱かれてくれる気が？」

問いかけると、たっぷり十秒は考えて赤目は頷《うなず》いた。

「…いいだろう。俺だけがお前にポリシーを曲げろと言うのは不公平だ。人生初だが、俺も頑張ってみよう」

その言葉が真実なのは、彼の顔がこの上なく歪《ゆが》んでいることでわかった。

この男に、いいようにあしらわれるのは苦手だ。イニシアチブを取られるのも釈然としない。

抱かれれば快楽を得るが、心のどこかで敗北感を覚える。

でも、赤目はいつも『私』を見てくれるから。私のことを考えてくれるから、そういう心のわだかまりや引っ掛かりも、まあいいかと思えてしまう。

「いいだろう。その覚悟があるなら、優先権はお前に譲るよ」

ほっとした子供の顔が近づき、唇を求める。

「じゃ、まずは俺からだ」

キスが、耳に、頬《ほお》に、胸に、続けざまに与えられ、早速手が浴衣の裾《すそ》を割って中へ入り込む。

「赤目。まだ酒の途中で…」

安堵《あんど》していた子供の顔が悪い男の顔になり、手が飢えた獣のように私を握る。

「早々に絞り尽くしとかないとな」

保身のためか愛情か、問いただす前に彼は襲いかかってきた。

長い夜のはじまりとばかりに…。

「や…、待てって…！」


翌朝、疲れ切った身体で目覚めると、私は一つだけ決心した。

もうこの男を抱きたいとは言うまい。その度にこちらに何もさせないためにメチャクチャにされるくらいなら、おとなしく抱かれてるだけの方がマシだ、と…。

あとがき

皆様初めまして、もしくはお久しぶりです。火崎勇《ひざきゆう》です。

この度は『メガネと運び屋』をお手に取って頂き、ありがとうございます。

イラストの亜樹良《あきら》のりかず様、素敵なイラストありがとうございます。うっとりです。

そして担当のO様ありがとうございます。お二人には個人的な事情で色々とご迷惑をおかけしましたことをお詫び致します。ごめんなさい。

さて、まんまのタイトルですが、このお話、いかがでしたでしょうか？

わりと軽いノリで、書いてる方は楽しかったです。

先にイラストの方が決まった時、亜樹良さんの描いた絵であまり眼鏡の人を見たことがないので、眼鏡が出る話にしましょう、というのが始まりでした。

祠堂《しどう》は、普通のサラリーマンでした。きっとあんなことがなければ、一生赤目《あかめ》と出会うこともなかったでしょう。

一方の赤目は、ガキの頃からヤンチャで、きっと走り屋だった頃はリーゼントとかもしていたかも。

ちなみに、暴走族は絶滅危惧種と言われてますから、現役の後輩は彼にはいません。

あとがき

生まれも育ちも、普通の男の赤目ですが、生きてゆく中で、色んな人間と知り合い、自分の周囲に特別な人間を集めてきました。それが彼の権力というか財産です。

そんな二人ですが、これからどうなるのでしょうか？

取り敢えず、空き室ができたら、祠堂は赤目の住むビルの一室に引っ越してきます。でも同居はしない。

祠堂としては、まだ得体の知れない赤目に全てを委ねてしまうのが怖いのです。

でも赤目は早く彼の全てが欲しい。

これからは、そんな二人の恋の駆け引きが繰り広げられるのでは？

でも、平穏とは言い難いでしょう。

たとえば、赤目のお客達のトラブルに彼等が巻き込まれる。

一般人と言ったのに、全然一般人じゃないじゃないか、と祠堂に怒られながら、逃げ回ったり、戦ったり。

結末は、是非祠堂に活躍してもらいたいです。

普通の人間がやる気を出したら、色んなことができるんだぞ、というように。

色っぽい話としては、祠堂も赤目も、それなりに相手を作ってきた男達なので、過去の相手が出てくる、なんてありそう。

祠堂は元々攻なので、受けの可愛子ちゃんが、俺の祠堂さんをネコにしたなとか何とか言って戦うとか。彼が色っぽいことに気づいてしまった男がちょっかい出してくるとか。

でも赤目は相手にもしないか。

むしろ、坊やも可愛いよな、とか上手くあしらって、相手もちょっと赤目にクラッときて、祠堂に睨まれたりして。

一方赤目の過去の相手には女も含まれてますので、男のクセにと祠堂にケンカを売る。

でも、祠堂は弱い男ではないので、「女のクセに相手にされなかったんだからさっさと引っ込んだらどうです?」とか言って追い返しそう。

男だと、平然と俺の方がいい男だとか言いそう。

祠堂の扱う事故物件の部屋に、幽霊が出るというのも面白いかも。

ふだん強気の祠堂が弱腰で、赤目にぴったり寄り添ったり、彼の前で涙目になったり。

そうなると赤目はときめいちゃって大変かも。

ま、そんなわけで、これからも二人は適度に甘い生活を過ごすことになるでしょう。

それでは、時間となりました。またの会う日を楽しみに…。

LYNX ROMANCE

今宵《こよい》スイートルームで

火崎勇 illust.亜樹良のりかず

本体価格
855円+税

ラグジュアリーホテル『アステロイド』のバトラーである浮島は、スイートルームに一週間宿泊する客・岩永から専属バトラーに指名される。岩永は、ホテルで精力的に仕事をこなしながらも毎日入れ替わりでセックスの相手を呼び遊んでいたが、そのうち浮島にもちょっかいをかけてくるようになる。そんな岩永が体調を崩し、寝込んだところを浮島が看病したことから、二人の関係は徐々に近づいてゆき…。

LYNX ROMANCE

ワンコとはしません!

火崎勇 illust. 角田緑

本体価格
855円+税

子供の頃、隣の家に住んでいたお兄さん・仁司のことが大好きだった花岡望。一緒に愛犬タロの散歩にいったり、本当の兄のように慕っていたが、突然彼の一家が引っ越してしまう。さらに同じ日にタロが事故に遭い、死んでしまった。そして大学生になったある日、望はバイト先のカフェで仁司と再会する。仁司としばらく楽しい時間を過ごしていたが、タロの遺品である首輪を見せた途端、彼は突然望の顔を舐め、「ワン」と鳴き…?

LYNX ROMANCE

罪人《とがびと》たちの恋

火崎勇 illust. こあき

本体価格
855円+税

母子家庭の信田は、事故で突然母を亡くしてしまう。葬儀の場に父の遣いが現れ、信田はヤクザの組長だった父に引き取られることに。ほとんど顔を合わせることのない父の代わりに、波瀬という組の男に面倒を見られる日々を送ることになった信田。共に過ごすうち、次第に惹かれ合うようになる二人。しかし父が何者かに殺害され、信田は波瀬が犯人だと教えられる。そのまま彼は信田の前から消えてしまい…。

LYNX ROMANCE

青《あお》いイルカ

火崎勇 illust. 神成ネオ

本体価格
855円+税

交通事故で足を骨折した会社社長・樹の元にハウスキーパーとしてやってきたのは、波間という若い男だった。最初は仕事が出来るのか訝んでいた樹だったが、その完璧な仕事ぶりから、波間は樹にとって手放せない存在になっていく。波間の細かい気配りや優しさから、波間に惹かれた樹は、彼と恋人の関係に持ち込むことに成功する。そんな中、会社役員の造反から、樹の会社が存続の危機に陥ってしまい…。

LYNX ROMANCE　LYNX ROMANCE　LYNX ROMANCE　LYNX

LYNX ROMANCE

秘《ひ》書《しょ》喫《きっ》茶《さ》 ―ビジネスタイム―

火崎勇　illust. いさき李果

本体価格
855円+税

アメリカでミラーという老人の秘書をしていた冬海は、彼の外子である真宮司と恋に落ちた。しかし、ミラーから真宮司が、冬海とミラーのどちらを選ぶかという賭けをさせられ、冬海は負けてしまう。そのことがきっかけで真宮司と別れ、帰国した冬海は、賭けの代償として貰ったお金で、秘書と出会えるカフェ―秘書喫茶を開く。店は軌道に乗っていたが、突然真宮司が現れ、秘書を寄越して欲しいと依頼してきて…。

LYNX ROMANCE

秘《ひ》書《しょ》喫《きっ》茶《さ》 ―レイジータイム―

火崎勇　illust. いさき李果

本体価格
855円+税

アメリカでミラーという老人の秘書をしていた冬海は、彼の外子である真宮司と恋に落ちた。しかし、ミラーから真宮司が、冬海とミラーのどちらを選ぶかという賭けをさせられ、冬海は負けてしまう。そのことがきっかけで真宮司と別れ、帰国した冬海は、賭けの代償として貰ったお金で、秘書と出会えるカフェ―秘書喫茶を開く。店は軌道に乗っていたが、突然真宮司が現れ、秘書を寄越して欲しいと依頼してきて…。

LYNX ROMANCE

カウンターの男《おとこ》

火崎勇　illust. こあき

本体価格
855円+税

バーテンダーの安積は、自分の店の前で怪我をして倒れていた、ヤクザ風の男をなりゆきで助けてしまう。手当ての後、男は財布だけを残し姿を消した。しばらく後、仕事中に客から言い寄られて困っていた安積の前に、助けた男が姿を現す。困った安積は、蟠蛇と名乗るその男に恋人のフリをして欲しいと頼み、しばらく仮の恋人ということになった。しかし、恋人のふりを続けるうち、安積は蟠蛇に惹かれていき…。

LYNX ROMANCE

優《やさ》しい痛《いた》み 恋《こい》の棘《とげ》

火崎勇　illust. 亜樹良のりかず

本体価格
855円+税

照明器具デザイナーである蟻田は、仕事相手である斎藤に口説かれ、恋人となった。しかし気が強い性格の蟻田は、素直に斎藤に甘えることが出来ずに悩んでいた。そんなある折、斎藤に誘われ、蟻田はオフィスを移ることにする。日中、斎藤にいつでも会えるようになると喜んでいた蟻田だったが期待は裏切られ、生粋のゲイである斎藤狙いの男たちが、オフィスの中に沢山いて…。

LYNX ROMANCE

ブルーブラッド

火崎勇 illust. 佐々木久美子

898円
（本体価格855円）

アラブの小さな国の王子であるイウサールは、子どもの頃出会った八重柏という綺麗な男に恋心を抱き告白した。その返事の「大人になってもまだ好きだと思ったら、自分のところにおいで」という彼の言葉を信じ、イウサールは数年後、日本にいる叔父のマージドを頼って訪日する。変わらず美しかった八重柏に改めて告白し、イウサールは彼を抱こうとしたが、なぜか逆に組み敷かれ、抱かれてしまい…。

LYNX ROMANCE

ブルーデザート

火崎勇 illust. 佐々木久美子

898円
（本体価格855円）

スポーツインストラクターで、精悍な面立ちの白鳥卓也。従兄弟の唯南に頼まれ彼の仕事に同行した卓也は、アラブの白い民族衣装に身を包み、鷹のような黒い瞳を持つ、マージドと出逢う。仕事の依頼主で王族の一員だというマージドの話し相手を務めることになった卓也だが、彼から口説かれ、二人きりで行動するうち、徐々に惹かれていく。そんなある日、マージドの国の後継者争いに巻き込まれ、卓也は誘拐されてしまい――。

LYNX ROMANCE

ブルーダリア

火崎勇 illust. 佐々木久美子

898円
（本体価格855円）

外資系のIT企業に勤める白鳥は、頭脳だけが取り柄のサラリーマン。白鳥は、マンションの隣の部屋に住み、ワイルドで頼りがいがある便利屋の東城に恋心を抱いていた。ある日、白鳥の部屋が何者かに荒らされ、引っ掻き回されていた。東城に助けを求めた白鳥は、彼の部屋に暫く居候させてもらうことになる。思いがけない展開に胸を高鳴らせる白鳥だったが、喜びも束の間、二日後会社に行くと更に大きな事件が起きていて……。

LYNX ROMANCE

うたかたの恋《こい》

火崎勇 illust. 北沢きょう

898円
（本体価格855円）

デザイン会社に勤める品川千樫の元に、家庭の事情で離れて暮らす双子の弟・蛍の突然の訃報が届けられた。呆然とする千樫の前に蛍の仕事仲間が現れ、蛍のふりをして、画家・東原然と一緒に暮らしてほしいと頼まれる。蛍の恋人である東原は、まだ彼の死を知らなかったのだ。やむなく「東原の仕事が終わるまで」という条件で引き受けた千樫だったが、東原の眩いばかりの才能と優しい人柄に惹かれていく自分が止められなくて…。

LYNX ROMANCE

恋《れん》愛《あい》禁《きん》猟《りょう》区《く》

火崎勇　illust. 有馬かつみ

898円
（本体価格855円）

細身で押しの弱い平井柚芽は、会社近くのカフェでよく見かける一人の男に恋をしている。いつも窓際に座る男を柚芽は密かに『窓際の男』と呼び、こっそりと眺める日々を送っていた。嵐の日にもカフェを訪れた柚芽だったが、帰りのエレベーターの中に停電で閉じ込められてしまう。幼少のトラウマから閉所恐怖症で暗所恐怖症でもある柚芽は、狭い室内で過呼吸に苦しむが、偶然乗り合わせていた『窓際の男』の熱いキスによって助けられ…。

LYNX ROMANCE

ペーパームーン

火崎勇　illust. 水名瀬雅良

898円
（本体価格855円）

デザイナーの双葉亜矢は、義兄の黒岩と恋人同士だったが、本当の血の繋がりがあることが分かり、振られてしまう。傷つきながらも、諦める決意をした双葉はある日、黒岩にそっくりな御山という男と出会う。仕事を依頼され、御山と一緒に過ごす時間が多くなる双葉だったが、黒岩のことを思い出してしまい、さらに落ち込むことに。御山からは好意を寄せられ、心を揺れ動かせるものの、やはり義兄のことが忘れられずにいて…。

LYNX ROMANCE

優《やさ》しい痛《いた》み　恋《こい》の棘《とげ》

火崎勇　illust. 亜樹良のりかず

898円
（本体価格855円）

照明器具デザイナーである蟻田は、仕事相手である斎藤に口説かれ恋人となった。しかし気が強い蟻田は、素直に斎藤に甘えることが出来ず悩んでいた。そんな折、都心の廃校を買い取ってレンタルオフィスにするから、引っ越してこないかと斎藤に誘われ、蟻田はオフィスを移ることにする。だが日中いつでも会えるようになると喜んでいた蟻田の期待は裏切られ、生粋のゲイである斎藤狙いの男たちが、オフィスの中に沢山いて…。

LYNX ROMANCE

強《ごう》引《いん》な嘘《うそ》と真《しん》実《じつ》と

火崎勇　illust. 亜樹良のりかず

898円
（本体価格855円）

小説家として不動の地位を得、モデル並の美貌を持つ遠美真人。身分を隠し、あるパーティに出席していた遠美は、そこで有名モデルの二ツ木斎と知り合い、口説かれてしまう。すげなくお断りした遠美だったが、まずはオトモダチからと強引に付き合わされることになった。しかし、二ツ木とともに様々なパーティに出席するうち、彼の仕事に対する真摯で真面目な姿勢知り、次第に心が揺れ動き…。

この本を読んでの
ご意見・ご感想を
お寄せ下さい。

〒151-0051
東京都渋谷区千駄ヶ谷4-9-7
(株)幻冬舎コミックス　リンクス編集部
「火崎勇《ひざきゆう》先生」係／「亜樹良《あきら》のりかず先生」係

リンクス ロマンス

メガネと運び屋

2014年10月31日　第1刷発行

著者……………火崎《ひざき》 勇《ゆう》
発行人…………伊藤嘉彦
発行元…………株式会社　幻冬舎コミックス
〒151-0051　東京都渋谷区千駄ヶ谷4-9-7
TEL 03-5411-6431（編集）
発売元…………株式会社　幻冬舎
〒151-0051　東京都渋谷区千駄ヶ谷4-9-7
TEL 03-5411-6222（営業）
振替00120-8-767643
印刷・製本所…共同印刷株式会社
検印廃止

ISBN978-4-344-83226-8 C0293
Printed in Japan

幻冬舎コミックスホームページ　http://www.gentosha-comics.net